W0020133

BASTEI
LÜBBE

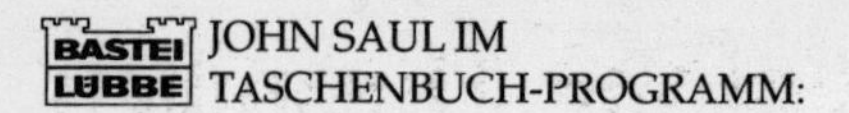

JOHN SAUL IM
TASCHENBUCH-PROGRAMM:

DIE BLACKSTONE CHRONIKEN

13 970 Band 1 Die Puppe
13 971 Band 2 Das Medaillon
13 981 Band 3 Der Atem des Drachen
13 990 Band 4 Das Taschentuch
14 136 Band 5 Das Stereoskop
14 146 Band 6 Das Irrenhaus

Die Blackstone Chroniken

Teil 3

JOHN SAUL

Der Atem des Drachen

Ins Deutsche übertragen
von Joachim Honnef

BASTEI LÜBBE TASCHENBUCH
Band 13 981

Erste Auflage: Juni 1998

Deutsche Lizenzausgabe 1998 by
Bastei-Verlag Gustav H. Lübbe GmbH & Co.,
Bergisch Gladbach
Originaltitel: The Blackstone Chronicles, Part 3
Ashes to Ashes: The Dragon's Flame
Lektorat: Vera Thielenhaus
Titelbild: Hankins & Tegenborg Ltd., New York
Umschlaggestaltung: QuadroGrafik, Bensberg
Satz: Fotosatz Steckstor, Rösrath
Druck und Verarbeitung:
Brodard & Taupin, La Flèche, Frankreich
Printed in France
ISBN 3-404-13981-X

Der Preis dieses Bandes versteht sich einschließlich der gesetzlichen Mehrwertsteuer

Für Linda
mit Pfirsichen und Sahne

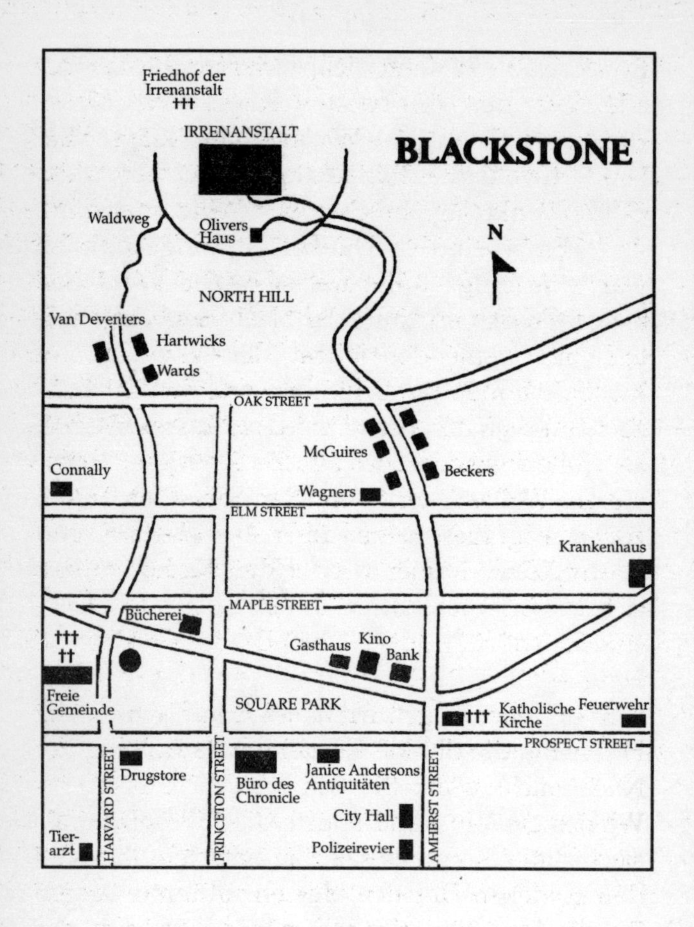
BLACKSTONE
Friedhof der Irrenanstalt
IRRENANSTALT
Waldweg
Olivers Haus
N
NORTH HILL
Van Deventers
Hartwicks
Wards
OAK STREET
McGuires
Beckers
Connally
Wagners
ELM STREET
Krankenhaus
MAPLE STREET
Bücherei
Gasthaus
Kino
Bank
Freie Gemeinde
SQUARE PARK
Katholische Kirche
Feuerwehr
PROSPECT STREET
Drugstore
Büro des Chronicle
Janice Andersons Antiquitäten
City Hall
Polizeirevier
Tierarzt
HARVARD STREET
PRINCETON STREET
AMHERST STREET

Es war die Art winterlicher Märznacht, bei der alle außer den ruhelosesten Bürgern von Blackstone behaglich in der Wärme ihrer Häuser blieben. Obwohl die Temperatur etwas über dem Gefrierpunkt lag, brachte der Wind, der kurz nach Einbruch der Dunkelheit aufgekommen war, eine eisige Kälte mit sich. Die Windböen steigerten sich im Laufe der Nacht und entfesselten einen heulenden Sturm, der Äste von den kahlen Bäumen riß, Schindeln von den Dächern zerrte und an den Fenstern jedes Hauses rüttelte, als wolle er seinen Zorn auf die Bewohner abreagieren. Wolken, zerrissen vom tobenden Wind, zogen in grauen Fetzen über den Himmel und verdunkelten immer wieder den Mond, so daß sich die Schatten durch die Straßen von Blackstone bewegten, als schlichen Diebe von Haus zu Haus.

In der ehemaligen Irrenanstalt auf dem North Hill nahm die dunkle Gestalt die Bedrohung der Nacht nicht wahr. Sie war an das Ächzen des Windes gewöhnt und spürte die Kälte nicht, als sie in ihrer Kammer saß. Sie betastete liebevoll den goldenen Drachen, dessen rubinrote Augen jedesmal zu blinzeln schienen, wenn sich der Mond jenseits des einzigen kleinen Fensters verdunkelte. Die dunkle Gestalt hielt den Drachen in ihren behandschuhten Händen und dachte zurück an die Zeit, in der sie ihn zum ersten Mal gesehen hatte ...

Prolog

Es war nicht richtig.

Es war nicht so, wie es hätte sein sollen. Als sie festgestellt hatte, daß sie schwanger war, hätte Tommy darauf bestehen sollen, daß sie sofort heirateten.

Aber statt sie in die Arme zu nehmen und ihr zu versichern, daß alles in Ordnung sein würde, hatte er sie so zornig angestarrt, daß sie gedacht hatte, er werde sie schlagen und auf der Stelle aus dem offenen Sportwagen werfen, und sie müsse den weiten Heimweg zu Fuß gehen. »Wie konntest du so blöde sein?« fragte er. Sie parkten auf dem Platz für Liebespärchen an dem Hang des North Hill, der abgewandt von Blackstone lag, und er hatte so laut gebrüllt, daß das Paar auf dem Rücksitz des einzigen anderen Wagens, der in dieser Nacht da war, ein Guckloch in die beschlagene Scheibe rieb und neugierig zu ihnen herübersah.

Sie sank auf dem Sitz zusammen und glaubte, vor Verlegenheit zu sterben. Dann ließ Tommy den Motor an und fuhr los, raste so schnell durch die Kurven, daß sie befürchtete, sie würden beide ums Leben kommen, bevor sie es bis zur Stadt zurück schafften.

Vielleicht wäre der Tod besser gewesen als das, was als nächstes geschah. Er stoppte vor ihrem Haus, griff an ihr vorbei und stieß die Tür auf. Dann starrte er sie ein letztes Mal finster an. »Denk nur ja nicht, ich heirate dich«, grollte er. »Denk nur ja nicht, daß du mich wiedersehen wirst!«

Schluchzend taumelte sie aus dem Wagen, und er brauste mit quietschenden Reifen davon und verschwand um die Ecke. Als sie eine Woche später hörte, daß Tommy zur Armee gegangen und nach Korea geschickt worden war, wußte sie, daß sie keine Wahl hatte. Sie mußte es ihren Eltern sagen.

Sie rechnete damit, daß ihr Vater vor Zorn beben und androhen würde, den Schuft umzubringen, der seinem kleinen Mädchen dies angetan hatte. Als sie ihm erzählte, daß Tommy in der Armee war, wurde sein Gesicht dunkel vor Zorn, und er schwor, den stinkenden feigen Hurensohn zu töten, wenn die Nordkoreaner das nicht besorgten. Ihre Mutter wollte wissen, wie ihre Tochter sich jemals einem Mann wie Tommy hatte hingeben können, und erklärte schluchzend, sie würde nie wieder irgendeiner ihrer Freundinnen ins Gesicht sehen können.

All dies hatte sie erwartet.

Aber was am nächsten Tag geschah, hatte sie nicht erwartet. Ihre Eltern brachten sie auf den North Hill und lieferten sie in der Irrenanstalt ab.

Sie schluchzte und flehte. Sie war so zornig auf ihren Vater, wie er es am Vortag auf sie gewesen war.

Aber ihre Eltern blieben unerbittlich. Sie würde bis zur Geburt des Babys in der Irrenanstalt bleiben.

Erst dann würden sie entscheiden, wie es weitergehen sollte.

In den ersten beiden Monaten lebte sie in schrecklicher Furcht, hatte sogar Angst davor, ihr Zimmer zu verlassen. Ihr ganzes Leben lang hatten sie und ihre Freundinnen sich vor dem Gebäude auf dem North

Hill gefürchtet. Während ihrer gesamten Kindheit hatte sie geflüsterte Geschichten über die schrecklichen Dinge aufgeschnappt, die dort oben passierten, und sie hatte oft schlaflose Nächte voller Angst unter der Bettdecke verbracht, wenn Gerüchte die Runde gemacht hatten, daß einer der ›Irren‹ ausgebrochen war.

Die ersten Nächte in der Irrenanstalt waren am schlimmsten. Sie konnte nicht schlafen, denn es war nie still; statt dessen waren die Stunden der Dunkelheit mit dem Schreien und Stöhnen gepeinigter Seelen erfüllt, die zwischen diesen Mauern eingesperrt waren. Aber allmählich gewöhnte sie sich an die Schreie der Qual, die durch die frühen Morgenstunden hallten. Schließlich wagte sie sich in den Tagesraum und gesellte sich zu den leichteren Fällen, zu Patienten, die ihr Leben mit endlosen Solitär-Spielen verbrachten oder Zeitschriften durchblätterten, die sie niemals wirklich lasen.

Und die rauchten.

Während ihres zweiten Monats im Tagesraum begann sie ebenfalls zu rauchen. Die Zeit verging so schneller, und es betäubte irgendwie den Schmerz der Einsamkeit und ihre hoffnungslose Verzweiflung.

Als die Wochen zu Monaten wurden und ihr Leib mit dem Baby wuchs, begann sie sich langsam und vorsichtig mit einigen der Patientinnen anzufreunden. Sie versuchte sogar, die Freundin der Frau zu werden, die stets völlig still dasaß und nur durch ihren ständig umherirrenden Blick verriet, daß sie bei Bewußtsein war. Aber die Frau sprach nie mit ihr.

Eines Tages verschwand die stumme Frau einfach, und obwohl es Gerüchte gab, daß sie irgendwo in den geheimen Kammern gestorben war, die tief im Keller der Irrenanstalt verborgen sein sollten, glaubte sie nicht ganz an das Gerede.

Aber sie war auch nicht ganz von seiner Bedeutungslosigkeit überzeugt.

Ihre Familie hatte sie nicht besucht. Das war keine Überraschung für sie. Ihr Vater war zu wütend, und ihre Mutter schämte sich zu sehr.

Und ihre beiden kleinen Schwestern, beide jünger als sie, hatten zu große Angst, um sich aus eigenem Antrieb in die Irrenanstalt zu wagen.

So vergingen die Monate.

Heute, an einem kalten Märzmorgen und nach einer Nacht, in der das Heulen des Windes laut genug gewesen war, um die Schreie und das Wehklagen der Insassen der Irrenanstalt zu übertönen, spürte sie die ersten schmerzvollen Wehen.

Sie zuckte zusammen, unterdrückte jedoch einen Aufschrei, weil sie zu der Erkenntnis gelangt war, daß der Schmerz der Geburt nur eine Bestrafung für die Sünde war, die sie und Tommy begangen hatten.

Sie hatte sich geschworen, die Bestrafung stumm zu erdulden.

Binnen einer Stunde kamen die Wehen jedoch alle paar Minuten, und sie konnte die Schmerzen nicht mehr ertragen, ohne aufzuschreien. Die Frauen im Tagesraum riefen einen der Pfleger, und der informierte eine Schwester.

Als die Schmerzen alle zwei Minuten einsetzten

und sie das Gefühl hatte, ihr ganzer Körper werde zerrissen, wurde sie auf eine fahrbare Liege geschnallt und in einen weißgekachelten Raum gerollt. Von der Decke hingen drei Lampen herab, deren gleißendes Licht sie blendete.

In dem Raum war es eiskalt, und sie fror. Die Pfleger zogen ihr das Kleid aus. Sie flehte sie an, es nicht zu tun.

Die Pfleger ignorierten sie.

Die Schwester kam herein. Dann der Arzt.

Als sie von einer neuen Woge von Wehen gepeinigt wurde, flehte sie die Schwester und den Arzt an, ihr etwas gegen die Schmerzen zu geben, aber sie gingen an die Arbeit, ohne auf ihre Bitten einzugehen. »Es ist keine Operation«, sagte der Arzt schroff. »Sie brauchen nichts.«

Der Schmerz wurde noch stärker, und dann schrie sie laut heraus und bäumte sich gegen die Riemen auf, mit denen sie an die Liege geschnallt war. Die Schmerzwellen waren so stark, daß sie glaubte, ohnmächtig zu werden, bis sie – unter einem letzten peinigenden Krampf – spürte, wie das Baby aus ihrem Körper glitt.

Sie lag keuchend da, versuchte zu Atem zu kommen, und das Zittern ihres erschöpften Körpers hörte schließlich auf. Dann hörte sie einen winzigen, hilflosen Schrei. Ihr Baby, für das sie diese unvorstellbaren Schmerzen erlitten hatte, rief nach ihr.

»Ich will es sehen«, flüsterte sie. »Lassen Sie mich mein Baby halten.«

Der Arzt, mit dem Rücken zu ihr, überreichte etwas

der Schwester. »Es ist besser, Sie sehen es nicht«, sagte er. »Besser für euch beide.«

Die Schwester verließ den Raum, und sie hörte die klagenden Schreie des Babys in der Ferne verklingen.

»Nein!« schrie sie, doch ihre Stimme war bedauernswert schwach. »Ich muß mein Baby sehen. Ich muß es halten!«

Der Arzt wandte sich schließlich zu ihr um und schaute sie an. »Das kann ich leider nicht zulassen. Dadurch würde es für Sie nur noch viel schwerer.«

Sie blinzelte. Schwerer? Wovon redete er? »Ich – ich verstehe nicht ...«

»Wenn Sie es nicht sehen, werden Sie es nicht annähernd so sehr vermissen.«

»Vermissen?« wiederholte sie. »Was meinen Sie damit? Bitte. Mein Baby ...«

»Aber es ist nicht Ihr Baby«, sagte der Arzt, als spreche er mit einem begriffsstutzigen Kind. »Es ist zur Adoption freigegeben, und so ist es besser, wenn Sie es überhaupt nicht zu Gesicht bekommen.«

»Adoption?« fragte sie verständnislos. »Aber ich will es gar nicht weggeben ...«

»Was Sie wollen, interessiert nicht«, sagte der Arzt. »Die Entscheidung ist bereits gefällt worden.«

Jetzt empfand sie einen neuen Schmerz – nicht die Qual der Wehen, die schnell verschwunden war, sosehr sie ihren Körper auch gepeinigt hatte. Dies war ein dumpfer Schmerz, der tief in ihrem Inneren verwurzelt war und nie abklingen würde – eine Kälte, die in ihr wuchs wie ein Krebsgeschwür, sie mit Verzweiflung erfüllte, sie langsam verzehrte, ihr kein Entkom-

men ermöglichte. Sie konnte bereits spüren, wie sich die Kälte in ihr ausbreitete, und sie wußte, daß sie eines Tages ganz davon verzehrt werden würde.

Es würde nichts von ihr übrigbleiben außer dem Schmerz darüber, daß es irgendwo ein Baby gab, das zu ihr gehörte, das sie jedoch nie bemuttern, nie auf den Armen halten, nie würde sehen können.

Als sie in dem Operationssaal unter den kalten, gleißenden Lampen allein gelassen wurde, begann sie zu weinen.

Keiner kam, um sie zu trösten.

Als sie am nächsten Morgen erwachte, war sie wieder in ihrem Zimmer, und obwohl sie in ihre Decke gehüllt war, half das nichts gegen die eisige Kälte, die sich in ihr ausgebreitet hatte.

Sie war zwar völlig erschöpft, aber etwas zog sie von ihrem Bett zum Fenster. Die Landschaft jenseits der Gitter war so kahl wie das Innere der Irrenanstalt: nackte graue Zweige, die in den bleigrauen Himmel ragten. Nur ein Rauchwölkchen aus dem Schornstein des Verbrennungsofens hinter dem Hauptgebäude der Irrenanstalt trieb in den kalten, stillen Morgen. Sie wollte sich abwenden, als sie eine Bewegung wahrnahm – eine Schwester und ein Pfleger tauchten aus der Irrenanstalt auf und gingen zum Verbrennungsofen. Es war dieselbe Schwester, die sie gestern im Operationssaal gesehen hatte, und der Pfleger war einer der beiden Männer, von denen sie auf die Liege geschnallt worden war.

Die Schwester trug etwas, das in eine kleine Decke gehüllt war, und obwohl sie nicht sehen konnte, was unter der Decke versteckt war, wußte sie sofort, was es war.

Ihr Baby.

Sie hatten es überhaupt nicht zur Adoption freigegeben.

Sie wollte sich vom Fenster abwenden, aber etwas hielt sie dort, ein Verlangen, genau zu sehen, was geschah, obwohl sie es bereits ahnte. In den nächsten Minuten stand sie da, zitternd vor Kälte und verzweifelter Furcht, und die Szene, die sie sich soeben vorgestellt hatte, spielte sich jetzt vor ihren Augen ab:

Der Pfleger öffnete die Tür des Inneren, und die Flammen im Verbrennungsraum loderten auf. Flammenzungen leckten gierig an den eisernen Rändern der Tür. Während die Frau zuschaute, nahm die Schwester die Decke von dem, was sie auf dem Arm trug.

Die Frau sah die bleiche, reglose Gestalt des Babys, das sie erst vor einem Tag zur Welt gebracht hatte.

Ein gequälter Aufschrei brach aus ihrer Kehle und wurde zu einem gepeinigten Wehklagen, als der Pfleger die Tür des Verbrennungsofens schloß und ihr gnädig die Sicht auf das verdeckte, was ihrem Baby angetan worden war. Als sich die Schwester und der Pfleger umdrehten, blickten beide zu ihrem Fenster hinauf, aber wenn sie die Frau dort erkannt hatten, ließen sie sich das nicht anmerken. Einen Augenblick später verschwanden sie.

Lange Zeit blieb die Frau am Fenster stehen und

starrte hinaus in die einsame, triste Landschaft, die jetzt ein perfektes Spiegelbild der Kälte und Leere in ihr war.

Ihre eigene Schuld.

Alles ihre eigene Schuld.

Sie hätte niemals ihren Eltern von dem Baby erzählen sollen, sich niemals hierhin bringen lassen sollen, sie niemals an ihrer Stelle die Entscheidungen fällen lassen sollen.

Und jetzt war ihr Baby durch ihre Schuld tot.

Schließlich wandte sie sich vom Fenster ab, und ihren Körper befiel die gleiche Betäubung wie ihre Seele. Wie in einem Traum verließ sie das Zimmer und ging zum Tagesraum. Sie setzte sich auf einen der harten, mit Plastik bezogenen Stühle, blickte starr geradeaus, sah niemanden an und sprach mit keinem. Stunden vergingen. Irgendwann am späten Nachmittag kam eine Schwester in den Tagesraum und legte ein Päckchen auf ihren Schoß.

»Jemand hat das für dich abgegeben. Ein kleines Mädchen.«

Erst als die Schwester fort war, schaute sich die Frau das Päckchen an. Sie entfernte das Papier. Es kam eine kleine Schachtel zum Vorschein. Sie öffnete die Schachtel und betrachtete den Inhalt.

Ein Feuerzeug.

Es war aus goldfarbenem Metall und hatte die Form eines Drachenkopfes. Als sie auf den Knopf im Nacken drückte, schoß eine Flammenzunge aus dem Maul des Drachen.

Klick. Das waren die Flammen, die gierig aus dem

Inneren des Verbrennungsofens gezüngelt waren. Klick. Das Feuer loderte auf und verschlang ihr Baby.

Sie hielt die Flamme an ihren Arm, und obwohl sie bald den widerwärtigen Geruch von verbranntem Fleisch wahrnahm, spürte sie nichts.

Keine Hitze.

Keinen Schmerz.

Überhaupt nichts.

Langsam und methodisch bewegte sie die Flamme des Drachen über ihre Haut, ließ die feurige Zunge über jede entblößte Stelle ihres Fleischs lecken, als ob die Hitze die Schuld fortbrennen könne, von der sie verzehrt wurde.

Während die übrigen Patienten stumm zuschauten, verbrannte sie sich selbst – Arme, Beine, Hals, Gesicht –, bis es schließlich kein Fleisch mehr gab, das sie hätte quälen können.

Sie umklammerte immer noch das drachenförmige Feuerzeug, dessen Flamme schließlich erlosch, als die Pfleger kamen und sie fortbrachten.

Binnen einer Stunde folgte ihr Körper dem ihres Babys.

Die dunkle Gestalt lächelte, als sich ihre behandschuhte Hand um den Drachen schloß.

Es war an der Zeit.

An der Zeit für den Drachen, wieder in die Welt jenseits dieser kalten Mauern zu fliegen, nachdem er fast ein halbes Jahrhundert in diesem dunklen Versteck verborgen gewesen war.

1

Oliver Metcalf stellte seinen Kragen auf, zog die alte Jacke fester um sich und blickte zum Himmel, an dem sich Regenwolken zusammenballten. Es war Sonntag, und er hatte den Nachmittag in der Redaktion des *Chronicle* verbringen und die Einzelheiten aufarbeiten wollen, die sich immer ansammelten, bis sie das wenige Personal der Zeitung förmlich zu erdrücken drohten, ganz gleich, wie hart sie alle arbeiteten. Er war durch ein Meer von Schreibarbeit gewatet, als vor einer Stunde Rebecca Morrison mit einem scheuen Lächeln und dem Vorschlag aufgetaucht war, seine langweilige Arbeit zu beenden und sie statt dessen hinaus zu dem Flohmarkt zu begleiten, der im alten Autokino am Westrand der Stadt veranstaltet wurde.

Ihre Begeisterung war ansteckend, und Oliver sagte sich schnell, daß die Bezahlung der Rechnungen und die Erledigung der Korrespondenz nun so lange gewartet hatten, daß es auf ein, zwei Tage auch nicht mehr ankam. Als er jetzt jedoch in der Kälte des Märztages fröstelte, fragte er sich, ob seine Entscheidung ein Fehler gewesen war.

Sie waren noch zwei Blocks vom Autokino entfernt, und jeden Augenblick konnte der Himmel seine Schleusen zu einem Platzregen öffnen. »Wie kommt es, daß der Flohmarkt so früh im

Jahr eröffnet wird? Haben die Händler keine Angst, daß ihnen das Geschäft verregnet?«

Rebecca lächelte heiter und gelassen. »Sie brauchen keine Angst zu haben«, sagte sie. »Es ist der allererste Tag, und es regnet nie am allerersten Tag des Flohmarktes.«

»Das triff auf die Rosenparade zu«, korrigierte Oliver. »Und die findet an Neujahr in Kalifornien statt, wo es so gut wie niemals regnet. Es sei denn, es gießt in Strömen.«

»Nun, es wird heute nicht regnen«, versicherte Rebecca. »Und ich mag den Flohmarkt am ersten Tag. Dann werden all die Dinge verkauft, die von den Leuten im Lauf des Winters auf dem Speicher oder im Keller gefunden wurden.«

Oliver zuckte die Achseln. Seiner Meinung nach mußte der Plunder einiger Leute nicht automatisch zu einem Schatz für andere Leute werden: Er wurde nur für eine Weile der Plunder von jemand anderem. Es gab einen Gegenstand, den er nun schon seit Jahren beobachtete – eine wirklich häßliche Tischlampe aus Porzellan, verziert mit sonderbaren Weinranken, die sich vom vergoldeten Fuß emporwanden und mit purpurfarbenen, roten und grünen Glasperlen besetzt waren, die Weintrauben darstellen sollten. Die Lampe hatte einen scheußlichen Glasschirm – mit drei Sprüngen, nach seiner letzten Beobachtung –, der den Eindruck von einem Dach aus Weinblättern erwecken sollte. Wenn die Lampe leuchtete, verbreitete das Licht, das durch das blattförmige Glas fiel, einen widerlichen grünen Schein, in dem jeder todkrank aussah. Bis jetzt hatte Oliver die Lampe an drei verschiedenen Ständen auf dem Flohmarkt gesehen, und viermal war sie in den Besitz der Historischen Gesellschaft von Blackstone übergegangen; und ein paar Tage lang hatte er sie sogar im Fenster eines Antiquitätenladens ausgestellt gesehen – Gott sei Dank nicht im Geschäft von Janice Anderson.

»Versprechen Sie mir, daß Sie nicht die kitschige Lampe mit den Weinranken kaufen?« bat Oliver.

»Oh, das habe ich schon einmal getan.« Rebecca kicherte. »Ich habe sie vor zwei Jahren gekauft. Ich wollte sie als Scherz jemandem schenken, aber je öfter ich sie anschaute, desto weniger lustig fand ich sie. So habe ich sie der Historischen Gesellschaft geschenkt.«

»Hat jemand sie auf deren Auktion gekauft?« fragte Oliver.

»Und ob!« sagte Rebecca. »Madeline Hartwick stürzte sich sofort darauf! Natürlich hat sie die Lampe nur gekauft, weil sie wußte, wer sie gespendet hat, und weil sie befürchtete, ich wäre gekränkt, wenn niemand ein Gebot macht.« Rebeccas Miene verdüsterte sich. »Meinen Sie, sie wird sich erholen?« fragte sie besorgt.

»Es wird eine Weile dauern«, erwiderte Oliver. Madeline war jetzt aus dem Krankenhaus entlassen worden, aber sie hatte sich noch nicht von dieser schrecklichen Nacht erholt, in der sie von ihrem Mann, Jules, fast ermordet worden wäre, bevor er Selbstmord begangen hatte. Sie und ihre Tochter, Celeste, waren jetzt bei Madelines Schwester in Boston. Oliver fragte sich, ob Madeline jemals zu dem großen Haus oben an der Harvard Street zurückkehren würde.

Das sonderbarste war, daß keiner genau wußte, warum Jules Hartwick sich umgebracht hatte. Ebensowenig hatte Oliver genau ergründen können, was der Bankier mit seinen letzten Worten gemeint hatte:

»Sie müssen es aufhalten ... bevor es uns alle umbringt.«

Was mußte er aufhalten? Jules hatte nichts sonst gesagt, bevor er vor dem Portal der Irrenanstalt gestorben war. Oliver hatte Madeline und Celeste gefragt, was Jules gemeint haben könnte, doch keine der Frauen wußte es. Oliver hatte auch andere gefragt – Andrew Sterling, der in der schrecklichen Nacht im Haus der Hartwicks gewesen war; Melissa Holloway in der Bank; Jules' Anwalt Ed Becker. Aber keiner hatte seine Frage beantworten können.

Nur Olivers Onkel, Harvey Connally, hatte eine Vermutung geäußert. »Vielleicht dachte er, es gäbe eine Verbindung zwischen dem, was mit ihm geschah, und dem Selbstmord der armen Elizabeth McGuire?« hatte Olivers Onkel überlegt. »Aber das ergibt nicht viel Sinn, oder? Zwar waren Jules und Bill McGuire so etwas wie geistesverwandte Cousins, aber Jules war überhaupt nicht mit Elizabeth verwandt. Ich erinnere mich, daß fast alle von *ihrer* Familie auf die eine oder andere Weise verrückt waren. Aber das hatte nicht das geringste mit Jules zu tun. Seine Eltern waren grundsolide, beide Elternteile.« Der alte Mann hatte geseufzt. »Nun, wir werden es wohl nie erfahren, nicht wahr?«

Bis jetzt hatten sich Harvey Connallys Worte bewahrheitet; keiner hatte die geringste Ahnung, was zu Jules Hartwicks plötzlichem geistigem Zusammenbruch und zu seinem Selbstmord geführt hatte. Selbst die Probleme mit der Bank waren nicht so schwerwiegend, und obwohl sie noch nicht alle gelöst waren, behauptete niemand, daß Jules irgend etwas Illegales getan hatte. Vielleicht war er etwas unvorsichtig gewesen, aber die Bank würde nicht bankrott gehen, und er wäre nicht zur Rechenschaft gezogen worden, weder vom Verwaltungsrat noch von den Buchprüfern der Zentralbank.

»Ich habe immer noch das Gefühl, daß ich etwas hätte unternehmen sollen«, sagte Rebecca und ergriff unbewußt Olivers Hand. Sie näherten sich eben dem Stadtrand von Blackstone und dem verfallenen Holzzaun, der einst die Besucher des Autokinos vor dem grellen Scheinwerferlicht der Wagen geschützt hatte, die über die Main Street in die Stadt und hinaus gefahren waren. »Anstatt mit Tante Martha zu beten, hätte ich vielleicht ...« Sie stockte und schaute hilflos zu Oliver auf. »Hätte ich nicht *irgend* etwas tun sollen?«

»Ich bezweifle, daß jemand etwas hätte tun können«, sagte Oliver und drückte beruhigend ihre Hand. »Und ich bezweifle, daß wir jemals erfahren werden, was genau in dieser Nacht geschah.« Er setzte ein strahlendes Lächeln auf und wechselte das Thema. »Suchen wir auf dem Flohmarkt nach etwas Besonderem, oder sehen wir uns nur an, was die Leute dieses Jahr von ihrem Speicher geholt haben?«

»Ich möchte ein Geschenk für meine Kusine finden«, sagte Rebecca.

»Andrea?« fragte Oliver. »Wissen Sie überhaupt, wo sie ist?«

»Sie kommt heim.«

»Heim?« Oliver sah Rebecca erstaunt an. »Sie meinen, ins Haus Ihrer Tante?«

Rebecca nickte. »Sie rief Tante Martha vorgestern an und sagte, sie könne nirgendwo sonst hin.«

Oliver erinnerte sich an das letzte Mal, als er Andrea Ward gesehen hatte. Das war vor zwölf Jahren gewesen, am Tag vor ihrem achtzehnten Geburtstag, und Andrea hatte nur noch davon gesprochen, von ihrer Mutter fortzukommen.

Von ihrer Mutter und auch von Blackstone.

Oliver hatte in der Eisbar im Drugstore in der Nähe des Square Park gesessen, als Andrea und einige ihrer Freundinnen hereingekommen waren. Sie hatten kaum Notiz von ihm genommen und sich auf die drei Barhocker in der Ecke gesetzt, und er war in den Genuß gekommen, die Ansicht wenigstens eines Teenagers in Blackstone zu erfahren.

»Ich kann nicht glauben, daß ich das so lange ausgehalten habe«, hatte Andrea gesagt, ihr langes blondes Haar aus dem Gesicht gestrichen und genervt aufgestöhnt, als es ihr wie ein Vorhang vors Gesicht zurückgefallen war. »Und als erstes lasse ich mir diese Mähne abschneiden. Könnt ihr glauben, daß meine Mutter es tatsächlich für eine Sünde hält, sich die Haare abschneiden zu lassen?« Dann hatte sie mit einem gereizten Lachen die lange Liste der Dinge aufgeführt, die Martha Ward für eine Sünde hielt. »Alles ist Sünde für sie. Fangen wir an mit Tanzen und Trinken und ins Kino gehen. Und Rauchen natürlich«, fügte sie hinzu und zündete sich voller Trotz eine Zigarette an. »Und vergessen wir nicht das Ausgehen mit einem Jungen. Wie soll ich einen Ehemann finden, wenn ich mich nicht mit Jungen treffen darf?«

»Vielleicht will sie, daß du studierst«, meinte eine ihrer Freundinnen, aber Andrea lachte nur darüber.

»Sie will nur, daß ich bete, wie sie es dauernd tut«, erklärte das Mädchen. Als sie wieder das Haar aus dem Gesicht strich, erhaschte Oliver einen Blick darauf und sah, wie hübsch sie war, trotz ihres dicken Make-ups.

Oder sie wäre hübsch gewesen, wenn sie sich

nicht so sehr geärgert hätte. Aber Andrea war schon zu lange voller Groll, und im Laufe der Jahre hatte sich dieser Groll in ihrer Kleidung gezeigt, die ein wenig zu perfekt ihre Figur zur Geltung brachte, und in ihrem Make-up, das ihr Gesicht härter machte, anstatt dessen Schönheit zu betonen.

Und obwohl es ihr verboten war, sich mit Jungs zu treffen, war sie allgemein beliebt und begehrt bei den männlichen Teenagern von Blackstone.

Viel zu beliebt, laut Martha Ward.

Nachdem Oliver Andreas Hetzrede gehört hatte, war er nicht überrascht gewesen, als das Mädchen am nächsten Tag aus Blackstone verschwunden war. Sie hatte nur eine Notiz zurückgelassen, daß sie nach Boston gehen und niemals zurückkehren würde.

Martha Ward hingegen war überrascht gewesen.

Überrascht und wütend. Als Andrea vor fast drei Jahren ein einziges Mal mit ihrem Freund zu Besuch in Blackstone gewesen war, hatte sich Martha geweigert, sie in ihrem Haus zu empfangen.

»Ich kann ein Leben in Sünde nicht gutheißen«, hatte sie erklärt. »Komm erst wieder her, wenn du ihn entweder geheiratet oder verlassen hast.«

Seither war Andrea nicht mehr in Blackstone gesehen worden.

»Was ist passiert?« fragte Oliver jetzt, als er und Rebecca das Grundstück des alten Autokinos betraten und die zwei Dutzend Stände sahen, die aufgebaut worden waren – nur ein Drittel dessen, was im Frühjahr und Sommer zu sehen sein würde, wenn es warm war und Touristen nach Blackstone kamen.

»Ihr Freund hat sie verlassen, und sie hat ihren Job verloren«, sagte Rebecca. »Ich nehme an, sie weiß wirklich nicht, wohin. Also dachte ich mir, ich kaufe ihr irgendwas, um sie aufzuheitern.«

Sie schlenderten eine Weile zwischen den Ständen hin und her und blieben dann und wann stehen, um sich einige der Dinge anzusehen, deren Besitzer anscheinend meinten, andere Leute würden sie vielleicht haben wollen. Einer der Stände war mit kleinen Figuren bedeckt, die aus zusammengeklebten Kieselsteinen bestanden und lustig bemalte Gesichter hatten. KIESELMENSCHEN, verkündete eine kleine, krakelig geschriebene Karte auf dem Stand. SIE KENNEN HEISST SIE LIEBEN. Sie zu kennen heißt, sie zu verabscheuen, dachte Oliver, behielt das jedoch für sich, weil er annahm, daß die ältere Frau, die hoffnungsvoll hinter dem Stand saß, die komischen kleinen Figuren selbst gebastelt hatte.

Auf einem anderen langen Tisch lag eine Sammlung von Lichtschalterverkleidungen, die aus Dutzenden Bergkristallen zusammengeklebt waren, und ein anderer Stand zeigte Heiligenbilder aus winzigen Muscheln.

Nichts davon war das richtige für Andrea.

Und dann, an Janice Andersons Stand, fanden sie es. Rebecca entdeckte es zuerst. Es lag halb versteckt hinter einem antiken Bilderrahmen, der eine angeschlagene Stelle hatte und wegen dieses Mangels nicht in Janice' Laden in der Main Street ausgestellt werden konnte. »Sehen Sie mal!« rief Rebecca. »Ist es nicht wundervoll?«

Oliver betrachtete neugierig den Gegenstand, den Rebecca in der Hand hielt. Zuerst war er sich nicht ganz sicher, was es war. Es sah aus wie ein Drachenkopf, den Rebecca am Nacken hielt. Zwei rote Augen starrten aus tiefen Höhlen. Als Rebecca auf den Nacken drückte, sah Oliver einen Funken tief im Rachen des Drachen, und kurz darauf schoß eine Flamme aus dem Maul.

»Ein Feuerzeug«, rief Rebecca. »Ist es nicht toll?«

»Woher wissen Sie, ob Andrea noch raucht?« fragte Oliver.

»Weil ich hörte, wie Tante Martha ihr das Rauchen im Haus verboten hat.« Rebeccas Miene verfinsterte sich. »Deshalb möchte ich ihr dieses Feuerzeug schenken. Sie fühlt sich bereits schrecklich, weil so vieles in ihrem Leben schiefgeht, und jetzt will Tante Martha ihr auch noch das Rauchen verbieten. Wenigstens kann ich ihr damit sagen, daß *ich* nicht alles verurteile, was sie tut.« Die Flamme erlosch, als Rebecca den Knopf am Nacken des Drachenkopfs losließ. Sie hielt Oliver das Feuerzeug hin, und er wollte es entgegennehmen, doch als er das Metall berührte, zuckte seine Hand zurück, als hätte er sich verbrannt.

»Vorsicht!« mahnte Rebecca. Sie berührte selbst mit einer Fingerspitze das Maul des Drachen. Es war kaum warm. »Er muß Sie gebissen haben, Oliver«, sagte sie. »Es ist überhaupt nicht heiß.« Lächelnd ließ sie das Feuerzeug auf Olivers Handfläche fallen.

Es war jetzt völlig kalt, genau wie Rebecca gesagt hatte. Aber das war unmöglich: Vor nur einer Sekunde war es glühend heiß gewesen. Als Oliver das sonderbare Objekt herumdrehte und nach einem Preisschild suchte, fragte er sich, ob das seltsame Gefühl der Hitze, das er soeben verspürt hatte, ein Zeichen dafür war, daß etwas nicht in Ordnung war – wie die Kopfschmerzen, die ihm zu schaffen gemacht hatten. Versunken in seine beunruhigenden Gedanken, bemerkte er kaum, daß Janice Anderson den Kunden vor ihnen verabschiedet hatte und sich nun ihnen zuwandte. Als Rebecca ihn leicht anstieß, wurde Oliver aus seinen Gedanken gerissen. Er hielt Janice Anderson das Feuerzeug hin. »Was kostet der Drache?« fragte er.

Janice blickte verdutzt auf das Feuerzeug. »Sind Sie sicher, daß das auf meinem Tisch lag?«

Oliver nickte. »Dort, neben dem Bilderrahmen.«

Janice runzelte die Stirn, nahm das Feuerzeug und musterte es eingehend. Auf den Fuß war ein

Firmenname gestempelt, aber er war nicht mehr lesbar. Auf den ersten Blick wirkte es wie aus Gold, doch sie sah, daß der billige Überzug abzublättern begann. Und die ›Rubin‹-Augen waren offenbar aus Glas, vielleicht sogar aus Plastik. Die Frage war, woher stammte es? Sie konnte sich nicht erinnern, es gekauft, ja nicht einmal, es aus dem Trödel im Hinterzimmer ihres Ladens ausgewählt zu haben, der jetzt größtenteils auf ihrem Verkaufstisch ausgebreitet war. Aber als ihr Blick über einige der anderen Stücke auf dem Tisch schweifte, wurde ihr klar, daß sie von den meisten nicht wußte, woher sie stammten. Vieles war Kleinkram aus Entrümpelungen. Anderes hatte sie vielleicht von den Dutzenden von Leuten gekauft, die im letzten Jahr in ihr Geschäft gekommen waren und ihr Dinge angeboten hatten, die sie auf ihrem Speicher gefunden hatten. Für gewöhnlich schickte Janice solche Leute einfach weg, aber dann und wann, wenn sie spürte, daß jemand etwas aus Verzweiflung und Not verkaufen mußte, nahm sie wissend ein wertloses Stück, einfach damit der Verkäufer seine Würde behielt und ein paar Dollar kassieren konnte.

Vermutlich war das Feuerzeug auf diese Weise in ihren Besitz gelangt, obwohl sie sich nicht daran erinnern konnte. Aber wieviel mochte sie dafür bezahlt haben? Fünf Dollar? Vielleicht zehn? »Zwanzig?« überlegte sie laut, wohl wissend, daß Oliver niemals den ersten Preisvorschlag akzeptieren würde. Zu ihrer Bestürzung war Rebecca Morrison, ohne zu zögern, einverstanden.

»Ich nehme es! Das ist genau das richtige für Andrea!«

»Für zwanzig Dollar?« hörte Janice Anderson sich sagen. »Sie werden es *nicht* für zwanzig Dollar nehmen, Rebecca. Es ist gewiß nicht mehr wert als zehn, und wenn Sie mich fragen, wäre siebenfünfzig schon eher angemessen.«

»Großartig«, sagte Oliver. »Wie wäre es mit fünf? Oder soll ich Sie auf zweifünfzig runterhandeln?«

Janice wollte eine finstere Miene aufsetzen, doch dann mußte sie lachen. »Wie wäre es, wir bleiben bei den siebenfünfzig, die meine ehrliche Hälfte für angemessen hält?«

Bevor sie sich anders besinnen konnte, bezahlte Oliver das Drachenkopf-Feuerzeug, und Janice wickelte es für Rebecca in Geschenkpapier ein.

»Meinen Sie wirklich, es wird Ihrer Kusine gefallen?« fragte Oliver ein paar Minuten später, als sie den Flohmarkt verließen.

»Selbstverständlich«, beteuerte Rebecca. Sie strahlte vor Freude über ihren Fund. »Das ist wirklich das perfekte Geschenk für sie.«

Oliver hoffte, daß Andrea so freundlich war, ihre Gedanken für sich zu behalten, wenn sie wie er und Janice das Feuerzeug allzu kitschig fand.

2

Andrea Ward durchwanderte nervös das Haus, in dem sie aufgewachsen war, und wunderte sich, wie so viele Jahre ohne die geringste Veränderung hatten vergehen können.

Im Wohnzimmer standen immer noch dieselben düsteren Möbel mit denselben altmodischen Schonern über den mit Roßhaar gepolsterten Lehnen und Rücken, obwohl Andrea schätzte, daß seit mindestens zwanzig Jahren kein Gast mehr im Haus gewesen war.

Die schweren Vorhänge, die sie noch aus ihrer Kindheit kannte, ließen immer noch kaum Tageslicht herein, und das Zimmer war in ein Halbdunkel getaucht, das gnädig verhüllte, wie verblichen und an einigen Stellen gewellt die Tapete war und wie an der Decke die Farbe abblätterte. Das Wohnzimmer war noch schäbiger und vernachlässigter, als sie es in Erinnerung hatte, aber genauso deprimierend – und das war keine Überraschung. Ihre Mutter hatte sich nie verändert, und ebensowenig hatte sich in ihrem Haus jemals etwas verändert. Alles war genauso, wie es bei ihrem Auszug gewesen war. Sogar die Kapelle mit ihrer stickigen, mit Weihrauch verräucherten Luft und den protzigen Statuen. Andrea erinnerte sich, daß dieser Raum einst die Zufluchtsstätte ihres Vaters gewesen war, ein gemütliches Zimmer mit dickem Teppich, in dem es nach dem Kirscharoma des Pfeifentabaks ihres Vaters geduftet hatte.

Doch das war vorbei. Andrea war erst fünf gewesen, aber sie konnte sich noch so deutlich, als wäre es gestern gewesen, an den Morgen erinnern, an dem Mr. Corelli, der Altwarenhändler, mit seinem Lastwagen eingetroffen war. Zuerst hatte sie angenommen, er wolle nach seiner Tochter Angela schauen, die damals ihre beste Freundin gewesen war. Aber das war ein Irrtum gewesen. Statt dessen trug Mr. Corelli alle Möbel aus dem Zimmer ihres Vaters und lud sie auf seinen Lastwagen. Andrea hatte ihre Mutter angefleht, Mr. Corelli zu sagen, er solle die Möbel zurückbringen; ihr Papa würde ärgerlich sein, wenn er heimkommen und sein Zimmer leer vorfinden würde. Da hatte ihr die Mutter gesagt, daß ihr Vater niemals zurückkommen würde.

»Selbst wenn er das wollte, ich will ihn nicht mehr haben«, hatte Martha geendet. »Dein Vater ist ein Werkzeug des Satans, und ich will ihn nie wieder in meinem Haus sehen!«

Binnen einer Woche wurde Fred Wards gemütlicher Zufluchtsort in ein Heiligtum anderer Art verwandelt – in die Kapelle ihrer Mutter, wo das kleine Mädchen so innig betete wie Martha. Andrea bat Gott und die Heiligen, ihren Vater heimzuschicken. Lange Zeit, während sie vorgab, ins Gebet vertieft zu sein, träumte Andrea mit offenen Augen davon, wie ihr Vater sie aus dem Haus ihrer Mutter holte, fort von diesem kalten, dunklen Platz, der mit jedem Jahr kälter und dunkler zu werden schien. Sie malte sich aus, daß er sie holen und sie bei ihm wohnen würde, vielleicht in Paris oder in einem Orangenhain in Kalifornien oder an einem sonnigen Strand in der Karibik.

Aber Fred Ward kehrte nie zurück.

Nachdem Andrea aus Blackstone fortgelaufen war, versuchte sie ihn zu finden. Sie suchte in den Telefonbüchern von Boston und Manchester und sogar von New York. Aber ihre Mittel waren begrenzt, und er war anscheinend spurlos verschwunden. Im Laufe der Jahre war sie von Ort zu Ort gezogen, hatte ihre unbefriedigenden Jobs gewechselt wie ihre Liebesaffären, die allesamt in einer Sackgasse geendet hatten. Irgendwie war immer alles schiefgegangen. Bis sie vor drei Jahren Gary Fletcher kennengelernt hatte, der ihr einen Job als Kellnerin in seinem Restaurant gegeben hatte.

Er war zehn Jahre älter als sie. Gutaussehend. Sexy. Und verliebt in sie.

Das hatte er jedenfalls behauptet.

Vor einem Monat hatte sie ihm gesagt, daß sie schwanger war. Sie war überzeugt gewesen, daß sie endlich heiraten, aus ihrer Wohnung aus- und in ein Haus einziehen würden. Zum ersten Mal würde sie eine richtige Familie haben.

Da hatte er ihr erklärt, daß er sie nicht heiraten konnte, weil er sich nie von seiner Frau hatte scheiden lassen.

Andrea hatte gar nicht gewußt, daß er verheiratet war.

Anstatt sich von seiner Frau scheiden zu lassen, hatte er Andrea am nächsten Tag aus der Wohnung geworfen.

Am übernächsten Tag hatte sie den ersten Job verloren, in dem sie es ausgehalten hatte.

Und wiederum einen Tag später hatte er all ihr Gespartes vom gemeinsamen Konto abgehoben.

Andrea hatte in Panik versucht, eine neue Stelle zu finden, aber bei jedem Vorstellungsgespräch war sie abgelehnt worden. Sie versuchte, eine Wohnung zu finden, aber sie hatte keinen Job und kein Geld. Es gab keine Freunde, an die sich wenden konnte: Gary war ihr ganzes Leben gewesen.

Sie wußte nicht, wie es weitergehen sollte, und so blieb ihr nichts anderes übrig, als ihren wenigen verbliebenen Stolz hinunterzuschlucken und nach Blackstone zurückzukehren. Dort würde sie versuchen, noch einmal ganz von vorn anzufangen.

Zuerst würde sie sich einen Job suchen – irgendeinen.

Dann würde sie wieder die Schule besuchen – und diesmal erst mit einem Abschluß verlassen.

Und der nächste Mann, mit dem sie sich einlassen würde, mußte viel ehrlicher sein als Gary Fletcher.

Nicht reich.

Nicht einmal gutaussehend.

Nur ehrlich und anständig und bereit, ein Vater für ihre Kinder zu sein. Mit diesen ersten hoffnungsvollen Gedanken seit Wochen und weniger verzweifelt als zuvor, hatte Andrea ihren verbeulten Toyota auf den vertrauten Zufahrtsweg in der Harvard Street gelenkt und erleichtert aufgeatmet, als sie sah, daß keiner zu Hause war. Sie brauchte ihrer Mutter nicht gegenüberzutreten – noch nicht.

Der alte Schlüssel, den sie sich nie getraut hatte fortzuwerfen, paßte noch ins Schloß. Im Haus war es bedrückend und düster – noch schlimmer, als sie es in Erinnerung hatte. Als sie jetzt durch die Zimmer im Erdgeschoß wanderte und feststellte, daß sie sich nicht verändert hatten, klammerte sie sich an ihren Vorsatz: Irgendwie würde sie es schaffen.

Sie trug einen der drei abgenutzten Koffer, die all ihre Habe enthielten, nach oben und entdeckte, daß sich doch etwas verändert hatte. Ihr Zimmer – das Zimmer, das ihre einzige Zuflucht gewesen war, nachdem ihr Vater fortgegangen und ihre Mutter immer tiefer in ihre sonderbare Version von Religion verfallen war; das Zimmer, von dem sie einfach angenommen hatte, daß es auf sie warten und sie willkommen heißen würde, auch wenn ihre Mutter das nicht tat – war nicht mehr ihres. Ihre Kusine Rebecca wohnte darin. Rebeccas Kleidung hing im Schrank; Rebeccas Pantoffeln standen neben dem Bett; ihr alter Teddybär thronte auf dem Kissen.

Die Erkenntnis versetzte ihr einen Stich. Ihre Mutter hatte sie so gründlich aus dem Haus verbannt wie fünfundzwanzig Jahre zuvor ihren Vater. Diese Verbannung schmerzte fast so sehr wie Garys Verrat, und kurz stieg Eifersucht auf Rebecca in Andrea auf. Dann kehrte die Vernunft zurück. Keines ihrer Probleme war schließlich Rebeccas Schuld. Sie konnte gewiß nicht von Rebecca verlangen, ihr Leben zu verändern, bloß weil sie ihr eigenes vermasselt hatte.

Mit neuer Entschlossenheit kehrte Andrea nach unten zurück und betrat den Raum neben dem Eßzimmer. Es war eher eine kleine Kammer, eigentlich kaum mehr als ein Alkoven, konnte jedoch mit zwei Türen abgeschlossen werden und enthielt das Bett, das ihre Mutter stets für ein Nickerchen benutzt hatte, wenn sie sich zu müde gefühlt hatte, um nach oben auf ihr Zimmer zu gehen. Andrea sagte sich, daß sie so wenigstens keinem im Wege sein würde, und sie brauchte ohnehin wenig Platz. Sie öffnete einen ihrer Koffer und hängte ihre Sachen in den einzigen kleinen Schrank.

»Was machst du da?«

Die Stimme ihrer Mutter, noch schroffer, als sie ihr in Erinnerung war, riß sie aus ihren Gedanken. Andrea erstarrte und drückte die Bluse, die sie hatte aufhängen wollen, an sich.

Sie wollte sagen: *Freust du dich nicht, mich wiederzusehen? Willst du nicht wissen, warum ich heimgekehrt bin? Willst du mich nicht umarmen und fra-*

gen, warum ich so traurig aussehe? Aber sie brachte nur heraus: »Ich – ich wollte meine Sachen aufhängen, Mutter.«

»Hier unten?« fragte Martha. Ihre Miene nahm einen noch härteren Zug an, und sie preßte mißbilligend die Lippen aufeinander.

Andrea blickte sich nervös in dem kleinen Raum um, als könnten ihr die Wände einen Hinweis geben, warum ihre Mutter etwas dagegen hatte, daß sie hier einzog.

»Wenn du meinst, ich lasse dich hier unten wohnen, wo du zu jeder Tages- und Nachtzeit kommen und gehen kannst, noch dazu, mit wem du willst, dann irrst du dich. Meinst du, ich dulde deine Sünden hier in meinem Haus?«

»Mutter, ich habe nicht vor ....«

»Du wirst in deinem alten Zimmer wohnen, neben meinem«, ordnete Martha an. Sie blickte sich in der Kammer um. »Es gibt keinen Grund, weshalb Rebecca nicht hier wohnen könnte.«

»Aber Mutter, das ist unfair! Rebecca hat mein altes Zimmer seit Jahren benutzt. Sie sollte jetzt nicht ausziehen müssen!«

Martha starrte ihre Tochter wütend an. »Gewöhne dir einen respektvolleren Ton an, Kind. ›Ehre deine Mutter‹«, zitierte sie. »Ich weiß, daß die Zehn Gebote dir nichts bedeuten, aber solange du unter meinem Dach wohnst, wirst du nach ihnen leben. Hast du verstanden?«

Andrea zögerte und nickte dann. Aber als sie die Kleidungsstücke aus dem Schrank nahm, fragte sie sich, wie sie ihrer Mutter von ihrer Schwangerschaft erzählen sollte. Nun, es gab wirklich keinen Grund, es ihr sofort zu sagen. Schließlich war noch nichts zu sehen. Vielleicht würde sie einfach warten und ...

Nein!

Sie hatte bereits zu viele Jahre so gelebt, hatte sich treiben lassen und gedacht, daß sich alles von selbst klären würde. Aber das war vorüber. Von jetzt an würde sie sich den Problemen stellen und sie meistern. Andernfalls würde es ihr niemals gelingen, ein neues Leben anzufangen.

»Ich muß dir etwas sagen, Mutter«, begann sie. Martha kniff die Augen mißtrauisch zu Schlitzen zusammen, und obwohl Andrea bei diesem anklagenden Blick am liebsten fortgelaufen wäre, zwang sie sich, ihm standzuhalten. »Gary ... der Mann, mit dem ich zusammengelebt habe, den ich heiraten wollte ... Er hat mich verlassen. Und – er hat mich aus dem Job gefeuert.« Andrea zögerte und kämpfte gegen die Tränen an. Sie holte tief Luft. Wenn ihre Mutter sie rausschmeißen wollte, dann konnte sie es genausogut jetzt gleich hinter sich bringen, und sie fügte hastig hinzu: »Und ich bin schwanger.«

Eine scheinbare Ewigkeit lang sagte Martha Ward kein Wort. Während die Sekunden vergingen, fragte sich Andrea, ob ihre Mutter sie tatsächlich aus dem Haus schmeißen würde.

Schließlich sprach Martha. »Du wirst um Vergebung beten. Wenn das Kind geboren ist, werden wir eine Familie suchen, die es aufnimmt. Dann werde ich entscheiden, was du als nächstes tun wirst.«

Andrea holte abermals tief Luft. »Ich habe dir bereits gesagt, was ich als nächstes tun werde, Mutter. Ich werde mir eine Stelle suchen und wieder auf die Schule gehen.«

»Während deiner Schwangerschaft?« fragte Martha. »Ich verstehe nicht, wie du auch nur denken kannst, du ...«

Andrea entschloß sich zu beenden, was sie angefangen hatte, bevor sie die Nerven verlor. »Ich bin mir nicht sicher, ob ich schwanger bleiben werde, Mutter«, sagte sie. »Aber wozu ich mich auch entschließe, es wird meine Entscheidung sein, nicht deine.«

Martha Ward vermochte ihre Wut kaum zu zügeln.

Wie konnte es Andrea wagen, so mit ihr zu sprechen? Wie konnte sie es wagen, in Sünde mit einem Mann zu leben, der mit einer anderen Frau verheiratet war, und dann die Frucht ihrer Sünden in das Haus ihrer Mutter bringen?

Martha wußte, was sie tun sollte: Sie sollte Andrea jetzt aus dem Haus werfen, damit ihr eigenes Seelenheil nicht in Gefahr geriet.

Aber dann zögerte sie, denn sie erinnerte sich an etwas, das sie vor kurzem gelesen hatte.

Sie sollte die Sünde hassen, nicht den Sünder.

In einer plötzlichen Eingebung verstand sie.

Sie wurde auf die Probe gestellt!

Andrea war zu ihr zurückgeschickt worden, um ihren Glauben auf die Probe zu stellen.

Sie mußte das Kreuz tragen.

Sie durfte Andrea nicht verstoßen. Ganz gleich, wie tief ihr ungeratenes Kind sie verletzte, sie mußte die andere Wange hinhalten und ihre verlorene Tochter auf den Pfad der Tugend zurückführen.

Andrea Ward deutete das Schweigen ihrer Mutter als Erlaubnis, bleiben zu dürfen. Sie nahm ihre Koffer und ging die Treppe hinauf zu ihrem alten Zimmer.

Martha Ward betrat die Kapelle und ließ sich auf die Knie sinken. Ihre Lippen bewegten sich lautlos, als sie um eine Eingebung bat, wie sie die Seele ihrer Tochter am besten läutern konnte.

3

Als Oliver und Rebecca zur Redaktion des *Chronicle* zurückkehrten, fiel kalter Nieselregen. Oliver bestand darauf, Rebecca nach Hause zu fahren. »Das brauchen Sie nicht«, wandte Rebecca ein. »Das ist ein großer Umweg für Sie. Ich kann zu Fuß gehen.«

»Natürlich *können* Sie das«, sagte Oliver. »Aber Sie werden es nicht tun. Und es dauert nur ein paar Minuten.« Er blickte sie gespielt finster an. »Keine Widerrede.«

»Verzeihung«, sagte Rebecca hastig. Oliver wußte sofort, daß sie seinen Scherz nicht erkannt hatte. »Ich wollte nicht ...«

»Nein, *ich* bitte um Verzeihung«, unterbrach Oliver und öffnete die Tür seines Volvo für sie. »Sie können mit mir streiten, wann immer Sie wollen, Rebecca. Über alles. Trotzdem fahre ich Sie heim.« Diesmal lächelte er bei seinen Worten und war sehr erfreut, als Rebecca zurücklächelte.

»Ich kapiere die Scherze nicht immer, nicht wahr?« fragte sie, als er sich hinters Steuer setzte.

»Vielleicht mache ich nicht klar genug, wann ich scherze«, erwiderte Oliver.

Rebecca schüttelte den Kopf. »Nein, es ist mein Fehler. Ich weiß, daß mich jeder in der Stadt für seltsam hält, aber seit meinem Unfall verstehe ich die Dinge nicht sofort so, wie andere Leute sie sehen.«

»Ich halte Sie überhaupt nicht für seltsam, Rebecca«, sagte Oliver. Dann grinste er. »Aber was weiß ich schon? Über mich macht sich auch jeder Gedanken.«

»Nein, das stimmt nicht.«

»Doch, die Leute tuscheln hinter meinem Rücken über mich. Sie sagen es mir nur nicht ins Gesicht, das ist alles.« Oliver hielt hinter einem alten Toyota, der auf dem Zufahrtsweg vor Martha Wards Haus parkte. »Sieht aus, als ob Andrea eingetroffen ist. Meinen Sie, ich sollte mit reinkommen und guten Tag sagen?«

Rebecca blickte besorgt zum Haus. »Das würde Tante Martha nicht gefallen. Sie ...« Rebecca war plötzlich verlegen und sprach nicht weiter, aber Oliver setzte den Gedanken fort.

»Mißfalle nur ich ihr, oder ist es so bei jedem Mann?«

Rebecca errötete und starrte auf ihre Hände, die sich um das von Janice Anderson verpackte Feuerzeug klammerten. »Bei jedem Mann«, sagte sie. »Tante Martha mißtraut allen Männern.«

Oliver umfaßte sanft Rebeccas Kopf und drehte ihn zu sich, so daß sie ihn ansehen mußte. »Glauben Sie nicht alles, was Tante Martha sagt. Ich würde Sie niemals kränken. Das könnte ich nicht.«

Einen Augenblick lang glaubte er, Rebecca würde etwas sagen oder vielleicht sogar in Tränen ausbrechen, aber dann stieg sie schnell aus dem Wagen und eilte über den Bürgersteig zum

Haus. An der Tür wandte sie sich um, zögerte und winkte dann. Als Oliver davonfuhr, fühlte er sich ungemein erleichtert, weil sie nicht ins Haus gegangen war, ohne überhaupt zurückzublicken.

Und das, erkannte er, zeigte ihm etwas.

Das zeigte ihm, daß er sich – wider besseres Wissen und obwohl er sich einredete, daß seine Zuneigung zu ihr nur freundschaftliche Gründe hatte – in Rebecca Morrison verliebt hatte.

Wie sollte er damit fertig werden?

Und – noch wichtiger – wie sollte sie damit fertig werden?

Rebecca schloß die Haustür hinter sich und tauschte die Düsterkeit des späten Nachmittags mit der im Haus. Sie wollte nach ihrer Kusine rufen, doch bevor sie den Namen aussprechen konnte, hörte sie die Gregorianischen Gesänge, die stets die Gebete ihrer Tante in der Kapelle begleiteten. Rebecca schlich durch das Erdgeschoß und suchte nach Andrea. Dann wurde ihr klar, wo ihre Kusine sein mußte: Sie betete in der Kapelle mit ihrer Mutter.

Aber eine Minute später, als sie im Obergeschoß die Tür zu ihrem Zimmer öffnen wollte, verharrte Rebecca. Sie hörte etwas aus ihrem Zimmer, das wie gedämpftes Weinen klang. Sie zögerte und überlegte, was sie tun sollte.

Es mußte natürlich Andrea sein. Aber was machte Andrea in ihrem Zimmer? Und dann erinnerte sie sich. Das Zimmer war früher das ihrer Kusine gewesen, und Andrea hatte gewiß gedacht, es warte auf sie.

Rebecca klopfte leise an die Tür, bekam jedoch keine Antwort. Sie klopfte lauter. »Andrea? Kann ich hereinkommen?«

Jetzt nahm sie ein leises Schniefen wahr, und dann hörte sie Andreas Stimme. »Klar, Rebecca. Es ist nicht abgeschlossen.«

Rebecca drehte den Türgriff und schob die Tür auf. Andrea saß auf dem Bett, und der Inhalt von drei Koffern war am Boden verstreut. Tränen rannen über ihre Wangen, und sie hielt ein verknittertes Papiertaschentuch in der Hand.

Andrea sah dünner aus, als Rebecca sie in Erinnerung hatte. Und müde. »Andrea?« wisperte sie. »Du siehst ...«

Schrecklich. Sie hatte sagen wollen: »Du siehst schrecklich aus.« Aber anstatt damit herauszuplatzen, was ihr in den Sinn kam, hatte sich Rebecca dieses eine Mal zurückgehalten. Andrea schien jedoch ihre Gedanken zu lesen.

»Ich sehe furchtbar aus, nicht wahr, Rebecca?«

Rebecca nickte automatisch, und die Andeutung eines Lächelns spielte um Andreas Lippen.

»Das dachte ich mir«, sagte sie. »Offenbar sehe ich so schrecklich aus, daß Mutter mich nicht mal mit einer Umarmung begrüßen kann. Oder vielleicht freut sie sich nicht, mich zu sehen.«

»O nein!« rief Rebecca. Sie eilte zum Bett, legte ihre Handtasche und das Geschenk darauf und umarmte ihre Kusine. Dann trat sie zurück und sagte: »Du siehst prima aus. Tante Martha umarmt keinen. Und sie ist bestimmt froh, dich zu sehen. Sie ist einfach ...«

Erstaunlicherweise schaffte es Rebecca wiederum, für sich zu behalten, was sie dachte, aber Andrea hatte auch jetzt keine Mühe, den Gedanken für sie in Worte zu kleiden.

»Immer noch verrückt, richtig?« Ihr Lächeln verschwand, und sie wirkte ernüchtert. »Ich hätte nicht zurückkommen sollen, nicht wahr? Jetzt habe ich nicht nur mein Leben vermasselt, sondern auch deines.«

Rebecca legte den Arm um ihre Kusine und drückte sie kurz an sich. »Du vermasselst mein Leben nicht. Warum sagst du so etwas? Es freut mich, daß du heimgekommen bist.«

»Dann hast du noch nicht mit meiner Mutter geredet. Sie sagt, wenn ich hierbleibe, muß ich in diesem Zimmer wohnen. Sie sagt, du mußt in das kleine Zimmer hinter dem Eßzimmer umziehen. Weißt du, ich fühle mich wirklich mies deswegen. Wenn du willst, gehe ich und suche mir irgendwo anders ...«

»Nein!« unterbrach Rebecca und legte Andrea den Zeigefinger auf den Mund, um sie zum Schweigen zu bringen. »Dies ist dein Elternhaus, und dies war dein Zimmer, und du sollst es haben. Und es freut mich wirklich, daß du hier bist.« Sie nahm das Geschenk, dessen Papier jetzt verknittert und naß vom Regen war, und drückte es Andrea in die Hand. »Sieh mal – ich habe dir ein Geschenk gekauft.«

Andrea zögerte, und Rebecca hatte das sonderbare Gefühl, daß ihre Kusine aus irgendeinem Grund meinte, sie habe kein Geschenk verdient, was immer es auch sein mochte. »Bitte nimm es«, drängte Rebecca mit sanfter Stimme. »Es ist nicht viel, aber ich dachte, es könnte dir gefallen. Und wenn es dir nicht gefällt, brauchst du es nicht zu behalten.«

In Andreas Augen glänzten jetzt Tränen. »Das ist es überhaupt nicht, Rebecca. Es ist nur ...« Sie kämpfte gegen die Tränen an, konnte sie jedoch nicht zurückhalten. »So lange hat mir niemand etwas geschenkt, und ich habe vergessen, was für ein Gefühl es ist, wenn man beschenkt wird. Und ich habe nichts für dich. Ich ...«

»Pack es nur aus«, bat Rebecca. »Bitte!«

Andrea schneuzte sich die Nase, wickelte das Geschenk aus und nahm den in ein Papiertaschentuch gehüllten Gegenstand in die Hand. Sie entfernte das Papiertaschentuch und schaute verständnislos auf den vergoldeten Drachenkopf. »Ich – ich verstehe nicht«, stammelte sie. »Was ist es?«

Anstatt es ihr zu sagen, nahm Rebecca den Drachen aus ihrer Hand und drückte auf den Nacken. *Klick!* Und die Feuerzunge schoß aus dem Maul. Andrea lachte.

»Es ist toll!« sagte sie, nahm das Feuerzeug von Rebecca entgegen und probierte es selbst aus. »Wo hast du es gefunden? Es ist wundervoll!« Sie kramte in ihrer Handtasche, fand eine Schachtel Zigaretten, zog eine heraus und zündete sie mit dem Drachenkopf-Feuerzeug an. »Wenn jetzt jemand sagt, ich habe den Atem eines Drachen, hat er wenigstens recht!«

»Gefällt es dir wirklich?« fragte Rebecca. »Ist es in Ordnung?«

»Es ist perfekt«, versicherte Andrea. Dann blickte sie sich im Zimmer um. »Jetzt fühle ich mich noch schlimmer, weil ich dir dein Zimmer wegnehme.«

»Es ist nicht meines«, erinnerte Rebecca. »Es gehört dir. Und das unten ist prima für mich. Ich brauche nicht viel. Ich wette, ich habe nicht annähernd so viele Klamotten wie du, und dann brauche ich nicht mehr Tante Marthas Schnarchen zu hören.« Sie schlug sofort die Hände vor den Mund, als ihr klar wurde, daß sie wiederum gesprochen hatte, ohne zu denken, aber Andrea lachte nur.

»Ist es wirklich so schlimm?«

Rebecca nickte. »Manchmal muß ich mir etwas in die Ohren stopfen, um schlafen zu können.«

»O Gott«, stöhnte Andrea und ließ sich auf das Bett zurückfallen. »Vielleicht tue ich dir tatsächlich einen Gefallen.« Sie setzte sich wieder auf und hielt Rebecca die Schachtel Zigaretten hin. »Möchtest du eine?«

Rebecca schüttelte den Kopf. »Rauchen ist nicht gut für dich.«

Andrea lachte, doch diesmal klang es bitter. »Das Leben war nicht gut für mich. Keinen Job, keinen Ehemann, keine Wohnung und schwanger. Was ist daran gut?«

»Du bekommst ein Baby?« fragte Rebecca. »Aber das ist wundervoll, Andrea. Babys sind immer gut, nicht wahr?« Dann fiel ihr Blick auf die Zigarette, deren Rauch Andrea tief inhalierte. »Aber jetzt solltest du wirklich mit dem Rauchen aufhören«, fuhr sie fort. »Es ist schädlich für das Baby.«

Das letzte schwache Gefühl von Optimismus, das das Geschenk in Andrea geweckt hatte, verschwand schlagartig. »Was weißt du denn schon davon?« fragte sie. Sie wollte nicht sehen, wie ihre Worte Rebecca kränkten. Deshalb stand sie abrupt auf, ging zum Fenster und starrte in den grauen, regnerischen Nachmittag hinaus.

Rebecca war verletzt durch Andreas Zurechtweisung. Sie ging zur Tür. Mit der Hand auf dem Türgriff wandte sie sich noch einmal um, aber als Andrea sie keines Blickes würdigte, verschwand ihre Hoffnung, und sie nickte betrübt vor sich hin. »Es tut mir leid«, sagte sie. »Ich wollte dich nicht aufregen. Ich – nun, ich rede einfach, wie mir der Schnabel gewachsen ist, das ist alles. Es tut mir wirklich leid.«

»Laß mich nur in Ruhe, Rebecca. Okay?«

Einen Augenblick später hörte Andrea, wie die Tür geöffnet und geschlossen wurde, und sie wußte, daß sie wieder allein im Zimmer war. Sie ging zum Bett zurück, ließ sich darauf fallen und nahm das Feuerzeug.

Sie klickte es an und aus und beobachtete, wie die Flammenzunge aus dem vergoldeten Maul leckte. Als die Flamme aufflackerte und erlosch, wieder aufflackerte und erlosch, dachte sie an das Baby, das in ihr wuchs.

Sie klickte das Feuerzeug wieder an und wußte auf einmal, was sie tun würde.

4

Am nächsten Morgen bei Tagesanbruch verließ Martha Ward ihr Haus. Sie hatte schlecht geschlafen, was für sie immer ein Anzeichen dafür war, daß ihre Seele gefährdet war. Heute morgen würde ihr Beten in der Privatkapelle nicht ausreichen. Wie immer, wenn sie zur Kirche ging, trug sie ihr dunkelblaues Kostüm und den Hut mit Schleier. Sorgfältig schloß sie die Haustür ab. Sowohl Rebecca als auch Andrea schliefen im Haus, und obwohl sie wußte, daß beide bereits tief in Sünde verstrickt waren, vergaß sie nie, daß es Männer in Blackstone gab – genau wie überall –, die von Gelüsten erfüllt waren.

Sie vergewisserte sich, daß die Tür fest abgeschlossen war, verließ die Veranda und knöpfte ihre Kostümjacke bis zum Hals zu, als sie im scharfen Wind fröstelte. Dann ging sie die Harvard Street hinunter. Nachdem sie einen Block weit gegangen war, schmerzten ihre Füße schlimm von der Arthrose, die eines der Kreuze war, die sie in den vergangenen zwanzig Jahren getragen hatte, aber sie ignorierte die Schmerzen und betete lautlos den Rosenkranz. Heute morgen sagte sie die Heilsgeschichte von St. Benedikt auf – eines ihrer Lieblingsgebete –, und der Rhythmus der lateinischen Worte linderte ihre Schmerzen. Wenn ihr Erlöser in der Lage gewesen war, Sein Kreuz würdevoll durch die Straßen von Jerusalem zu tragen, dann konnte sie gewiß mit Würde die Schmerzen ihrer Arthrose ertragen. Charles VanDeventer hielt neben ihr und bot an, sie mit dem Wagen mitzunehmen, doch sie nahm ihn kaum zur Kenntnis und wandte sich schnell von der Versuchung ab.

Als sie bei der katholischen Kirche östlich des Square Park ankam, stellte sie zufrieden fest, daß das Portal bereits trotz der frühen Stunde aufgeschlossen war. Seit Monsignore Vernon vor einigen Jahren nach Blackstone gekommen war, wurde die Sieben-Uhr-Messe täglich zelebriert. Martha Ward wußte, daß es Leute in der Stadt gab, die mit Monsignore Vernons Katholizismus nicht übereinstimmten, aber sie zählte nicht dazu. Seit dem Tag seines Eintreffens – aus einer Kleinstadt im Staat Washington, wie sie sich erinnerte – wußte Martha, daß sie eine verwandte Seele gefunden hatte. »Ich lasse die Kirche immer offen für Gebete«, hatte er ihr gesagt, »und ich werde stets zur Verfügung stehen, um Ihre Beichte zu hören.« Nicht, daß Martha viel zu beichten hatte. Sie legte Wert auf ein tugendhaftes Leben. Dennoch fand sie oftmals Trost, wenn sie mit Monsignore Vernon redete.

In der Kirchte tauchte Martha ihre Hand in das Weihwasser, beugte ein Knie und ging langsam durch den Mittelgang, den Blick auf den gekreuzigten Christus gerichtet, der über dem Altar hing. Sie beugte abermals ein Knie, schob sich in die erste Bankreihe, kniete sich hin und begann das erste ihrer Gebete. Ein paar Minuten später nahm sie aus dem Augenwinkel eine Bewegung wahr und wußte, daß Monsignore Vernon im Beichtstuhl war und auf sie wartete.

»Etwas quält Sie heute morgen«, sagte der Priester leise, als Martha gebeichtet und er ihr die Buße genannt und Absolution erteilt hatte. »Ich spüre, daß Ihnen das Herz schwer ist.«

Martha kniete sekundenlang stumm da. Es widerstrebte ihr, die Schande preiszugeben. Aber welche Wahl hatte sie? »Es ist meine Tochter«, wisperte sie mit bebender Stimme. »Sie ist schwanger, aber nicht verheiratet.« Hörte sie ein schockiertes Luftschnappen? Sie war sich dessen fast sicher.

Sie umklammerte den Rosenkranz fester.

»Sie müssen beten«, sagte der Priester mit leiser, aber deutlicher Stimme. »Ihre Tochter hat eine Todsünde begangen, und Sie müssen für sie beten, damit sie ihren Fehler einsieht, sich von der Sünde abwendet und den Weg zur Kirche zurück findet. Sie müssen für sie beten, damit sie den Weg in die Arme des Herrn findet und ihr Baby vielleicht gerettet wird.«

Martha wartete, aber Monsignore Vernon sagte nichts mehr.

Als sie schließlich den Beichtstuhl verließ, war sie wieder allein in der Kirche. Sie kehrte zur Bank zurück und kniete sich hin.

Die Worte, die sie im Beichtstuhl gehört hatte, hallten in ihr nach.

Sie müssen für sie beten, damit sie in die Arme des Herrn findet und ihr Baby vielleicht gerettet wird.

Wieder und wieder glaubte sie die Stimme des Monsignore zu hören, bis die Worte den Rhythmus eines Liedes annahmen, das immer lauter wurde, die ganze Kirche erfüllte und in die Tiefen ihrer Seele drang.

Martha Ward fühlte sich verklärt, als hätte Gott mit ihr gesprochen.

Der Herr würde ihr den Weg weisen.

Andrea würde gerettet werden.

Als Andrea Ward wach genug war, um sich zu erinnern, wo sie war und warum, lösten sich die guten Absichten des Vortages in nichts auf. Sie nahm ihre Zigaretten vom Nachttisch und zündete sich eine davon mit dem Drachenkopf-Feuerzeug an, das ihre Kusine ihr am vergangenen Nachmittag geschenkt hatte. Sie sog den Rauch tief ein und bekam plötzlich einen Hustenanfall. Als das Husten schließlich nachließ, sank sie auf das einzige dünne Kissen zurück, das für das Bett zur Verfügung stand – ihre Mutter hatte nie mehr als ein Kissen für nötig gehalten –, und fragte sich, warum sie überhaupt wach geworden war; genausogut hätte sie weiterschlafen können.

Es hatte sich über Nacht nichts verändert. Sie war immer noch schwanger und ohne Job, und Gary hatte ihr immer noch den Laufpaß gegeben.

Aber jetzt war sie daheim in Blackstone, ihre Mutter verdammte sie wegen ihrer Sünden, und Rebecca ...

Rebecca! Himmel! Ihre Kusine hatte sich bemüht, nett zu ihr zu sein, na und? Seit ihrem Unfall war Rebecca sogar noch nutzloser als zuvor, wenn das überhaupt möglich war. Süß, vielleicht, aber nutzlos.

Rebecca konnte überhaupt nichts Gutes für sie bewirken.

Hör auf! sagte sich Andrea. Nichts davon ist Rebeccas Schuld. Du hast dir die Suppe selbst eingebrockt, und jetzt mußt du sie auch selbst auslöffeln!

Sie drückte die Zigarettenkippe in der Seifenschale aus, die sie aus dem Badezimmer als Aschenbecher organisiert hatte, kletterte aus dem Bett und spürte, wie Übelkeit in ihr aufstieg. Sie lief ins Badezimmer und schaffte es gerade noch bis zur Toilette, bevor sie sich übergeben mußte. Tastend fand sie den Griff für die Wasserspülung an der Seite des Wasserkastens und zog daran, doch als sie sich aufrichtete, wurde ihr wieder schlecht. Ein saurer, bitterer Geschmack stieg in ihrer Kehle auf, und sie sank von neuem auf die Knie. Sie blieb auf dem Boden hocken und wartete, bis die Übelkeit vorüberging, und nachdem sie sich zwei weitere Male übergeben hatte, wagte sie es, wieder aufzustehen. Sie spülte sich gerade am Waschbecken die Reste des Erbrochenen aus dem Mund, als sie ein Klopfen an der Tür hörte, dem sofort Rebeccas Stimme folgte.

»Alles in Ordnung, Andrea? Kann ich helfen?«

»Niemand kann mir helfen«, stöhnte Andrea. »Geh nur weg, okay?«

Stille. Dann hörte Andrea, wie sich die Schritte ihrer Kusine zur Treppe hin entfernten. Sie betrachtete sich im Spiegel. Ihre Augen waren blutunterlaufen, und ihr Haar klebte strähnig und fettig an ihrem Kopf. Sie fand, daß sie mindestens zehn Jahre älter aussah, als sie war. Sie sah erschöpft aus. Genau wie sie sich fühlte. Hoffnungslos.

Wie um alles in der Welt sollte sie die guten Vorsätze, die sie gestern gehabt hatte, in die Tat umsetzen?

Andrea kehrte in ihr Zimmer zurück, zog dieselbe Bluse und dieselbe verwaschene Jeans an, die sie gestern getragen hatte, und ging schließlich nach unten. Sie fand Rebecca in der Küche. Der Tisch war für zwei Personen gedeckt. Als Andrea auf einen der Stühle sank, stellte Rebecca ein Glas Orangensaft und einen Teller mit einem Brötchen hin, das dick mit Butter und Orangenmarmelade bestrichen war.

Allein bei dem Anblick verkrampfte sich Andreas Magen von neuem. »Ich will nur eine Tasse Kaffee«, bat sie.

Das herzliche Lächeln auf Rebeccas Gesicht ging in Unsicherheit über. »Ist das gut für das Baby? Ich glaube, ich habe gelesen ...«

Andrea starrte ihre Kusine wütend an. »Ich habe Neuigkeiten für dich«, sagte sie. »Es ist mir verdammt egal, was du gelesen hast.« Als in Rebeccas Augen Tränen glänzten, stiegen Schuldgefühle in Andrea auf. »Es tut mir leid, okay? Aber es war bis jetzt kein großartiger Morgen für mich. Ich habe kaum mehr als eine Stunde geschlafen, und dann mußte ich kotzen. Im Augenblick ist mein Leben wirklich beschissen, weißt du? Trotzdem tut es mir leid, daß ich dich angemotzt habe.«

»Schon gut.« Rebecca nahm den Teller mit dem Brötchen und das Glas Orangensaft fort und brachte beides zur Anrichte. Dann schenkte sie ihrer Kusine Kaffee ein.

»Wo ist Mutter?« fragte Andrea. »Sie kann doch nicht mehr schlafen – sie hielt es immer für eine Art Sünde, nach sechs Uhr noch im Bett zu liegen.«

»Manchmal geht sie zur Kirche«, erklärte Rebecca. »Besonders wenn sie sich wegen irgend etwas Sorgen macht.«

Andrea verdrehte die Augen. »Nun, dann können wir uns wohl beide vorstellen, weshalb sie heute morgen betet, wie? Wollen wir wetten, daß sie sofort losmeckert, wenn sie heimkommt?«

»Tante Martha war gut zu mir«, sagte Rebecca. »Und sie will nur dein Bestes. Sie hat sich immer Sorgen um dich gemacht.«

»Um *mich*?« rief Andrea spöttisch. Ihre Hände zitterten, als Zorn in ihr aufwallte. Sie zündete sich eine Zigarette an. »Ich will dir was sagen, Rebecca. Mutter hat sich in ihrem ganzen Leben niemals Sorgen um jemand anders gemacht. Sie sorgt sich nur darum, wer sündigt und ob sie in den Himmel kommt oder nicht. Nun, ich habe auch für sie eine Neuigkeit – wenn gute, liebende Mütter in den Himmel kommen, dann ist es für sie bereits zu spät!«

Rebecca zuckte bei Andreas Gehässigkeit zusammen. »Sie ist nicht so schlecht.«

»Nicht?« entgegnete Andrea. »Ich will dir was zeigen.« Sie stand so abrupt auf, daß sie beinahe ihren Stuhl umgekippt hätte, verließ die Küche und ging schnell durch das Haus bis zu der geschlossenen Tür des Raums, der einst das Zimmer ihres Vaters gewesen war. Sie schob die Tür auf und trat ein. »Wußtest du, daß ich hier aufgewachsen bin?« fragte Andrea. Mit dem Drachenkopf-Feuerzeug zündete sie zuerst die Kerzen auf dem kleinen Altar an und dann diejenigen, die unter den Bildern der Mutter Gottes und einem halben Dutzend Heiligen standen.

»So war es immer, Rebecca«, sagte sie, als der Raum von flackerndem Kerzenschein erhellt war. »Seit ich ein kleines Mädchen war. Ich mußte hier jeden Morgen und jeden Tag nach der Schule und jeden Abend vor dem Schlafen beten. Und weißt du was, Rebecca? Ich bekam nie zu sehen, wie es hier bei Tageslicht aussieht. Nun, sollen wir uns das mal anschauen?«

Sie zog die schweren Vorhänge der Fenster

links und rechts des Altars zurück. Als das helle Tageslicht hereinfiel, schien sich der Raum zu verändern. Die Wände – einst weiß gestrichen – waren verrußt von den Tausenden von Kerzen, die in der Kapelle gebrannt hatten, und die Polsterung des Betpults war fleckig und fadenscheinig. Die Heiligenstatuen, deren Farben im Tageslicht schreiend wirkten, waren so schmutzig wie die Wände. »Warum bin ich denn hier ausgezogen, sobald ich konnte? Welche Frau zieht denn ihr Kind in einem solchen Haus auf?«

»Aber sie liebt dich und ...«, begann Rebecca.

Andrea ließ sie nicht aussprechen. »Es war keine Liebe, Rebecca! Es war Wahnsinn. Kapierst du denn nicht? Sie ist irre. Oder ist sie es gar nicht mehr allein? Hat sie dich jetzt auch in den Wahnsinn getrieben? Oder hast du durch den Unfall den Verstand verloren? Bist du so verblödet, daß du nicht mehr erkennen kannst, wie sie ist? Mein Gott! Warum bin ich nur zurückgekommen?«

Sie warf ihre Zigarettenkippe auf den Teppich, trat sie mit dem Absatz aus, stürmte aus der Kapelle und lief die Treppe hinauf.

Rebecca hob die Zigarettenkippe auf und tat ihr Bestes, um den Brandfleck wegzukratzen. Dann zog sie eilig die Vorhänge zu, und der Raum war von neuem in das Halbdunkel getaucht, das die Mängel verbarg. Rebecca blies die Kerzen aus und zog gerade die Tür der Kapelle zu, als Andrea wieder am Fuß der

Treppe auftauchte. Sie trug einen Mantel und hielt ihre Autoschlüssel in der Hand.

»Wohin willst du?« fragte Rebecca.

Andrea blickte sie kurz finster an. »Was geht das dich an?« fragte sie. Bevor Rebecca antworten konnte, lief Andrea aus dem Haus.

Eine Stunde später hatte Rebecca in der Küche, in der Kammer neben dem Eßzimmer und auch in Andreas Zimmer saubergemacht. Sie ging die Treppe hinunter, um eine letzte Tasse Kaffee zu trinken, bevor sie sich auf den Weg zur Arbeit machte, aber dann hörte sie die Musik in der Kapelle und erkannte, daß ihre Tante von der Kirche zurückgekehrt war. Sie besann sich anders, verzichtete auf den Kaffee und ging statt dessen die Harvard Street hinunter zur Bücherei. Sie war eine halbe Stunde zu früh dran, und weil Germaine Wagner ihr nie einen Schlüssel für die Bücherei gegeben hatte, entschloß sie sich, im Drugstore Kaffee zu trinken. Rebecca zog gerade die Tür zur Imbißstube auf, als sie ein Auto hupen hörte. Sie blickte über die Schulter und sah, wie Oliver Metcalf seinen Wagen auf einem freien Platz vor dem Kino neben der Imbißstube parkte.

Oliver stieg aus und ging zu ihr. »Wenn Sie sich zu mir setzen, gebe ich einen aus«, sagte er.

»Das ist nicht nötig«, erwiderte Rebecca. »Ich kann selbst bezahlen, wissen Sie.«

»Na prima«, sagte Oliver und hielt ihr die Tür der Imbißstube auf. »Dann übernehmen Sie die Zeche, wie wäre das?«

»Das wäre nett«, sagte Rebecca. »Jeder bietet mir immer an, für mich zu bezahlen, als wäre ich noch ein kleines Mädchen. Und das ist blöde, denn ich bin fast dreißig.«

Oliver mimte den Schockierten. »Davon hatte ich keine Ahnung«, behauptete er. »Wenn Sie so uralt sind, dann können Sie mir auch noch einen Doughnut kaufen.« Sie stiegen auf zwei Barhocker an der Theke, und Oliver lächelte Rebecca an. »Wie hat Andrea das Geschenk gefallen?«

Rebecca runzelte nachdenklich die Stirn. »Ich bin mir nicht sicher«, erwiderte sie. »Als ich es ihr gestern gab, dachte ich, es gefällt ihr, aber heute morgen ärgert sie sich anscheinend über alles.« Sie erzählte Oliver, was sich ereignet hatte, seit sie sich gestern verabschiedet hatten. »Ich verstehe das einfach nicht«, endete sie. »Wenn sie Tante Martha so sehr haßt und sie für verrückt hält, warum ist sie dann heimgekommen?«

»Sie kann wohl nirgendwo sonst hin«, sagte Oliver. »Ich würde mir an Ihrer Stelle wegen heute morgen keine allzu großen Sorgen machen. Sie hat Schlimmes hinter sich, und für sie muß es den Anschein haben, daß ihr Leben nur aus Problemen besteht. Sie, Rebecca, waren zufällig da, als sie etwas Dampf ablassen mußte, das ist alles.«

Rebecca schaute Oliver an, blickte jedoch

schnell wieder fort. »Aber es klang, als meinte sie es ernst, als sie sagte, ich wäre zu dumm, um zu erkennen, wie Tante Martha ist.« Sie schwieg kurz und fragte dann, ohne Oliver anzusehen: »Stimmt das, Oliver? Bin ich dumm?«

Wie schon tags zuvor im Wagen umfaßte Oliver Rebeccas Kinn und drehte ihr Gesicht zu sich, damit sie ihn ansehen mußte. »Das stimmt natürlich nicht, Rebecca«, sagte er freundlich. »Und ich bezweifle, daß Andrea es ernst gemeint hat. Sie war einfach aufgeregt, und aufgeregte Leute sagen nun mal Dinge, die sie nicht so meinen. Am besten vergessen Sie es einfach.« Aus einem Impuls heraus neigte er sich vor und küßte sie zärtlich auf die Lippen. »Sie sind nicht dumm«, flüsterte er ihr ins Ohr. »Sie sind eine wundervolle, schöne Frau, und ich liebe Sie sehr.« Er spürte, daß er aus Verlegenheit rot wurde, stieg schnell vom Barhocker und schaute auf seine Armbanduhr. »Ich bin spät dran«, sagte er. Er legte Geld auf die Theke, spürte die Blicke aller Gäste in der Imbißstube auf sich gerichtet und eilte zur Tür hinaus.

5

Oliver lenkte seinen Wagen auf den Parkplatz des weißen Gebäudes, in dem seit zwanzig Jahren das Blackstone Memorial Hospital untergebracht war. Es gab nur drei Betten in dem Krankenhaus, und selbst die wurden selten benutzt; jeder, der eine Langzeitbehandlung brauchte, fuhr entweder nach Manchester hinauf oder nach Boston hinunter. In den letzten paar Monaten hatte das Krankenhaus jedoch mehr Patienten gehabt als üblich; zuerst Elizabeth McGuire mit ihrer tragischen Fehlgeburt, dann Madeline Hartwick. Jules Hartwick war zuerst ebenfalls ins Blackstone Memorial gebracht worden, doch schon als er mit dem Krankenwagen den Hügel hinab transportiert worden war, hatte jeder gewußt, daß es nur der Form halber geschah.

Oliver wurde immer noch von den Gedanken an diese schreckliche Nacht verfolgt, in der er Jules vor dem Portal der Irrenanstalt gefunden und gesehen hatte, wie er sich das Messer tief in den Bauch gestoßen hatte. Seine Kopfschmerzen schienen in jüngster Zeit noch schlimmer geworden zu sein, und gestern, als seine Hand im Reflex von dem Feuerzeug weggezuckt war, das Rebecca für Andrea auf dem Flohmarkt gekauft hatte, war er weitaus mehr erschrocken, als er sich hatte anmerken lassen. Wenn er nicht an den furchtbaren Kopfschmerzen gelitten hätte, wäre er vielleicht nicht so entsetzt gewesen über die falsche Empfindung von glühender Hitze, die sein vegetatives Nervensystem verspürt hatte. Aber zusammen mit den Kopfschmerzen hatte sich bei ihm eine fixe Idee festgesetzt, und obwohl er sich sagte, daß es lächerlich war, hatte er sie die ganze Nacht lang nicht abschütteln können.

Ein Gehirntumor.

Wie sonst waren die plötzlichen unerträglichen Migräneanfälle zu erklären – wenn er in seinem ganzen Leben fast nie auch nur leichte Kopfschmerzen gehabt hatte? Wie waren die sonderbaren plötzlichen Visionen – Halluzinationen – zu erklären, von denen die stechenden Schmerzen begleitet wurden und an deren Inhalt er sich nie ganz erinnern konnte, wenn der Kopfschmerz vorüber war? Und gestern, bei der Berührung des Feuerzeugs, hatte er keine Kopfschmerzen gehabt. Dennoch konnte er sich immer noch deutlich an die glühende Hitze erinnern, die er in dem kurzen Augenblick gespürt hatte, in dem er das Objekt angefaßt hatte.

Die glühende Hitze, die – und das war unmöglich – eine Sekunde später nicht mehr dagewesen war, als Rebecca ihm das Feuerzeug in die Hand gedrückt hatte. Nun, Phil Margolis würde zweifellos eine Antwort für ihn haben. Oliver stieg aus dem Volvo und ging ins Krankenhaus.

»Damit werden Aufnahmen von Ihrem Gehirn gemacht«, erklärte Dr. Margolis. Der Scanner befand sich in einem kleinen Zimmer, das extra renoviert worden war, als der Arzt vor fünf Jahren genug Gelder aufgetrieben hatte, um den gebrauchten Apparat kaufen zu können. Die Anlage wurde nicht nur von Blackstone genutzt, sondern auch von einem halben Dutzend anderer Orte, und sie hatte genug Geld eingebracht, um dem winzigen Krankenhaus zum ersten Mal in seiner Geschichte zu erlauben, schwarze Zahlen zu schreiben. »Legen Sie sich auf die Liege, und ich werde Sie anschnallen.«

»Muß das sein?« fragte Oliver. In dem Moment, in dem er das Zimmer betreten hatte, war eine Woge von Panik in ihm aufgestiegen. Als er jetzt auf die dicken Nylonriemen schaute, mit denen die Patienten festgeschnallt wurden, bekam er plötzlich feuchte Handflächen.

»Ich muß Sie ruhigstellen«, erklärte Dr. Margolis. »Bei der kleinsten Bewegung Ihres Kopfes werden die Aufnahmen verdorben. Es ist am einfachsten, wenn Sie festgeschnallt sind.«

Oliver zögerte und fragte sich, woher seine Panik kam. Er war nie klaustrophobisch gewesen – jedenfalls bezweifelte er das –, aber aus irgendeinem Grund entsetzte ihn die Vorstellung, auf der Liege festgeschnallt zu werden. Aber warum? Mit Phil Margolis konnte es nichts zu tun haben – er kannte den Doktor seit Jahren.

War es einfach die Angst vor dem Ergebnis der

Untersuchung? Aber das war lächerlich – wenn etwas mit ihm nicht stimmte, wollte er darüber Bescheid wissen! »In Ordnung«, sagte er und legte sich auf die Liege. Er ballte die Hände zu Fäusten, schloß die Augen und wappnete sich gegen die Furcht, die sofort in ihm aufstieg, als der Arzt ihn festschnallte. Sein Puls begann zu rasen, und seine Handflächen wurden feucht.

»Alles okay, Oliver?« fragte der Arzt.

»Alles prima.« Aber nichts war prima. Überhaupt nichts. Eine schreckliche Angst ergriff ihn, ein unerklärliches Entsetzen.

»Okay, das haben wir«, sagte Phil Margolis. Er verließ das Zimmer, und einen Augenblick später sprang der Apparat an und bewegte sich über seinen Kopf, während Tausende von Aufnahmen aus jedem Winkel gemacht und von einem Computer zu einer perfekten Aufnahme seines Gehirns zusammengesetzt wurden. Und zu einer Aufnahme dessen, was vielleicht darin wuchs.

Dann geschah es. Ohne die geringste Vorwarnung jagte ein unerträglicher Schmerz durch Olivers Kopf, und das Zimmer war wie von einem gleißend weißen Licht erfüllt, das sofort zu völliger Dunkelheit wurde. Und dann tauchte aus der Schwärze ein Bild auf.

Der Junge steht in einem kleinen Raum und starrt auf einen Tisch, an dem schwere Lederriemen befestigt sind. Der Mann, der über ihm aufragt, wartet unge-

duldig darauf, daß sich der Junge auf den Tisch legt. Der Mann hält etwas in der Hand.

Etwas, das der Junge schon gesehen hat.

Etwas, das ihm schreckliche Angst einjagt.

Anstatt sich auf den Tisch zu legen, weicht der Junge zurück und duckt sich in eine Ecke des Raums.

Der Mann hebt das Objekt mit den zwei glänzenden Metallstiften, die aus einer langen Röhre ragen, etwas an, und instinktiv wimmert der Junge und wartet auf den Schmerz.

Als sich der Mann dem Jungen nähert, will er schreiend davonlaufen. Der große, muskulöse Arm des Mannes schießt auf ihn zu ...

»Das war's«, sagte Philip Margolis, als er in das Zimmer zurückkehrte. Er schnallte Oliver los. »War doch gar nicht so schlimm, oder?«

Oliver zögerte. Er konnte sich wirklich überhaupt nicht an die Untersuchung erinnern. Da war ein Moment der Panik gewesen, aber dann ...

Was war passiert?

Kopfschmerzen? Eine der seltsamen Halluzinationen?

Etwas – eine Art vager Erinnerung – streifte den Rand seines Bewußtseins, aber als er versuchte, es zu erfassen, verschwand es wieder. Oliver brachte ein Grinsen zustande, als er sich aufsetzte. »Es war nicht schlimm«, pflichtete er dem Arzt bei. »Überhaupt nicht schlimm.«

6

Andrea fuhr langsam und suchte nach dem Unmöglichen: einem freien Parkplatz in Boston. Sie war bereits dreimal an dem Backsteingebäude vorbeigefahren, zweimal in dieser Richtung, einmal in der entgegengesetzten. Sollte sie es noch einmal in der anderen Richtung versuchen, oder sollte sie besser die Hoffnung aufgeben, eine Parklücke in der Nähe des Eingangs zu finden, und es lieber in einer der Seitenstraßen probieren? Oder sollte sie es einfach seinlassen und nach Blackstone zurückfahren?

Sie verbannte den letzten Gedanken sofort. Sie hatte es zu viele Male durchdacht, um sich jetzt zu drücken. Wenn sie es jetzt nicht durchzog, würde sie es niemals schaffen. Ihre Mutter würde sie fertigmachen, und diesmal gab es kein Entkommen. Früher oder später würde sie nachgeben. Und was Martha auch entscheiden mochte, es würde weder gut für sie noch für das Baby sein.

Es würde nur gut für Martha Ward sein, die in den nächsten paar Monaten emotionale Bezahlung verlangen würde, »denn ich habe dir aus diesem Schlamassel geholfen, obwohl ich nicht schuld daran war, daß du hineingeraten bist!« Das war die Art Erpressung, die ihre Mutter liebte, und Andrea würde sich schuldig, dankbar und ihr verpflichtet fühlen.

Aber diesmal nicht. Diesmal würde sich Andrea selbst um ihre Probleme kümmern – Verantwortung für ihr Leben übernehmen. Als ihr Entschluß feststand, bog sie in eine Seitenstraße ein und setzte die Suche nach einem Parkplatz fort. Sie fand schließlich einen drei Blocks von ihrem Ziel entfernt, parkte und schloß den rostigen Toyota automatisch ab, obwohl sie bezweifelte, daß jemand die alte Karre stehlen würde. Sie verkroch sich vor dem kalten Nieselregen, der vor einer Stunde begonnen hatte, in ihrer Jacke und wanderte zur Klinik. Ihre Schritte waren lamgsam und zögernd, und ihr Blick blieb auf den Bürgersteig gerichtet.

Die Praxis des Arztes befand sich im dritten Stock. Zu Andreas Überraschung war die Tür unverschlossen. Einige Frauen saßen im Wartezimmer. Nur eine elegant gekleidete Asiatin, die ein paar Jahre jünger als Andrea war, blickte bei ihrem Eintreten auf. Die Frau lächelte kurz und sah dann wieder auf die Zeitschrift, in der sie geblättert hatte. Eine Sprechstundenhilfe mit weißem Kittel, die hinter einem Glasschalter saß, blickte auf und sagte: »Kann ich Ihnen weiterhelfen?« Andrea zögerte. Sie konnte es sich immer noch anders überlegen, sich umdrehen und davonspazieren.

Aber was dann?

Nichts.

Keine Schule, kein anständiger Job, kein Leben.

Niemals.

»Ich möchte fragen, ob Dr. Randall heute noch einen Termin frei hat«, sagte sie.

Die Sprechstundenhilfe zog den Terminkalender zu Rate, der vor ihr lag. »Können Sie um vierzehn Uhr wiederkommen?«

Andrea nickte, nannte der Frau ihren Namen, füllte ein Behandlungsformular aus und schrieb die Nummer ihrer Kreditkarte darauf, wobei sie stumm betete, daß Gary die Karte nicht hatte sperren lassen oder bis zum Kreditlimit überzogen hatte. Das erste war zu bezweifeln; das zweite war äußerst wahrscheinlich. Sie verließ das Wartezimmer, ging zur Straße hinaus, entdeckte einen Block weiter auf der anderen Straßenseite ein Café und ging hinein, um die lange Wartezeit zu überbrücken.

Als sie um Punkt vierzehn Uhr in die Praxis zurückkehrte, war das Wartezimmer verlassen. »Pünktlich auf die Minute«, sagte die Sprechstundenhilfe und lächelte sie an. Sie öffnete die Tür zum Behandlungszimmer und führte Andrea hinein. Ein Mann um die Vierzig, mit blondem Bürstenhaarschnitt, der Figur eines Footballspielers und einem verwegen gutaussehenden Gesicht erhob sich hinter seinem Schreibtisch und reichte ihr die Hand. »Ich bin Bob Randall.«

Als sie auf den Stuhl vor dem Schreibtisch sank, nahm der Arzt die Formulare, die Andrea ausgefüllt hatte, und sie sah den goldenen Ehering an seiner Hand. Verdammt.

»Möchten Sie darüber reden?« fragte Randall.

Andrea stöhnte lautlos auf. Was nun? Mußte sie auch dem Arzt Erklärungen abgeben? Was ging ihn die Sache an? Die Abtreibung war völlig legal – Hunderte von Frauen entschlossen sich täglich dazu, und Tausende mehr sollten es ihrer Meinung nach tun.

Der Arzt schien ihre Gedanken zu lesen. »Ich meine nicht über die Abtreibung«, sagte er. »Ich meine nur über die Prozedur selbst.«

»Sie meinen, Sie werden mir keine Schuldgefühle einreden?« fragte Andrea.

Randall zuckte die Achseln. »Es ist Ihr Leben und Ihr Körper, und niemand hat das Recht, Ihnen vorzuschreiben, was Sie damit zu tun oder zu lassen haben. Sie sind alt genug, um zu wissen, was Sie tun, und wenn Sie so gesund sind, wie Sie auf dem Formular angegeben haben, dann sollte es keine Probleme geben. Sie wären in etwas mehr als einer Stunde hier raus.«

Andrea zögerte nur für einen Moment. Obwohl ihr Dr. Randall gesagt hatte, daß er keine Strafpredigt halten würde, glaubte sie es ihm nicht ganz.

Aber es stimmte.

Keine Fragen, kein Streit.

Sie nickte. »Ja, ich möchte den Eingriff vornehmen lassen.«

Der Arzt führte sie in einen anderen Raum und ließ sie allein, während sie sich entkleidete und einen Operationskittel anzog. Dann kehrte er mit der Sprechstundenhilfe zurück. Sie überprüfte Andreas Blutdruck, den Puls, ihre Atmung und Reflexe. Der Arzt horchte ihren Oberkörper ab, tastete ihren Bauch ab und forderte sie dann auf, sich auf den Behandlungsstuhl zu setzen.

»Die letzte Gelegenheit, sich anders zu entscheiden«, sagte er.

»Mein Entschluß steht fest«, sagte Andrea. »Ich möchte es hinter mich bringen.«

Eine Viertelstunde später war alles vorüber. Es war überraschend schmerzlos gewesen; das schlimmste war die Erweiterung ihres Gebärmutterhalses gewesen, aber selbst das hatte nicht sehr weh getan. »War es das?« fragte sie, als die Sprechstundenhilfe begann, den kleinen Operationsraum zu säubern.

»Das war alles«, sagte der Arzt. »Ich möchte, daß Sie sich hinlegen und ungefähr eine halbe Stunde entspannen, und dann untersuche ich Sie, ob es irgendwelche Komplikationen gibt, aber das kann ich mir wirklich nicht vorstellen. Es ist eine sehr einfache Prozedur, und ich bin gut in meinem Fach.« Vierzig Minuten später verließ Andrea die Praxis. Es hatte aufgehört zu nieseln. Als sie auf dem Bürgersteig stand und zu dem Backsteingebäude zurückblickte, in dem sie wenigstens das schlimmste ihrer Probleme gelöst hatte, griff Andrea als erstes in ihre Handtasche und nahm eine Zigarette heraus.

Eine Zigarette und das Feuerzeug, das Rebecca ihr gestern geschenkt hatte.

Sie drückte auf den Knopf im Nacken des Drachenkopfs, zündete die Zigarette an und sog den Rauch tief ein. Sie spürte, wie die Spannung aus ihr wich, unter der sie den ganzen Tag gestanden hatte.

Rebecca.

Sie mußte sich bei Rebecca für das entschuldigen, was sie am Morgen gesagt hatte.

Und ihr auch für das Feuerzeug danken. Sie hielt es immer noch in der Hand, und als jetzt die Sonnenstrahlen durch die Wolkendecke brachen, glänzte es hell. Sie hielt es hoch, schaute in die roten Augen und drückte von neuem auf den Nacken.

Klick. Die Flammenzunge flackerte in der leichten Brise.

Andrea schaute lange auf das Feuerzeug. Dessen rote Augen glitzerten in einem feurigen Licht, das nicht von der Sonne, sondern tief aus dem goldenen Drachenkopf zu kommen schien. Die Augen glühten blutrot und hielten sie in ihrem Bann. Dann, fast unwillkürlich, hielt sie ihre andere Hand hoch.

Sehr langsam bewegte sie die Hand auf die feurige Zunge des Drachen zu.

Als die Flamme ihre Haut berührte, tat es nicht weh.

Es tat überhaupt nicht weh.

7

Es dämmerte bereits, als Andrea vor dem Haus ihrer Mutter anhielt. In all den Häusern im Block, mit Ausnahme dem der Hartwicks nebenan, brannte hinter den Fenstern bereits Licht, und dünne Vorhänge erlaubten Blicke in warme, einladene Zimmer. Nur das Haus ihrer Mutter war dunkel. Abgesehen von der schwachen Verandalampe, die jemandem, der die Treppe hinaufstieg, ein gewisses Gefühl der Sicherheit geben mochte, aber nicht gerade einladend war, wirkte das Haus wie verlassen. Andrea war jedoch überzeugt, daß ihre Mutter daheim war. Fast konnte sie Marthas unversöhnliche Anwesenheit spüren, sie vor dem Betpult knien sehen, während die Perlen des Rosenkranzes durch ihre Finger glitten und sie betete: *Heilige Maria, Mutter Gottes. Bitte für uns jetzt und in der Stunde unseres ...* Doch ihre Mutter würde das Ave Maria immer wieder auf Latein wiederholen und davon so wenig verstehen, wie sie die Tochter verstand, die sie aufgezogen hatte.

Andrea schaltete den Motor aus, aber statt aus dem Toyota auszusteigen, griff sie in ihre Handtasche, fand die Zigarettenschachtel und zündete eine Zigarette mit dem Drachen-Feuerzeug an. Als sie rauchend im Wagen saß, schaltete sie das Feuerzeug immer wieder ein und aus und beobachtete, wie die Flamme emporleckte und erlosch. Sie hatte die Zigarette erst halb geraucht, als sie erschrak, weil jemand an die Seitenscheibe klopfte. Sie blickte hinüber und sah, daß Rebecca besorgt durch das Fenster auf der Beifahrerseite spähte. »Andrea? Ist alles in Ordnung?«

Andrea drückte die Zigarette im Aschenbecher des Wagens aus und stieg aus. »Alles prima, nehme ich an.« Sie seufzte und wußte, daß überhaupt nichts prima war. Der erste quälende Zweifel über ihr Handeln hatte sich eingestellt, noch bevor sie in Boston in ihren Wagen gestiegen und zurückgefahren war. Immer wieder hatte sie versucht, sich einzureden, daß sie das Richtige getan hatte, aber das nagende Gefühl, daß sie mit der Situation auch anders hätte fertig werden können, ließ sie nicht los. Gewiß hätte sie irgendeinen Job finden können: Viele schwangere Frauen arbeiteten – viele von ihnen bis eine Woche vor der Niederkunft. Und nach der Geburt des Babys hätte es viele Möglichkeiten gegeben. Sie hätte das Baby zur Adoption freigeben oder es vielleicht behalten können und ...

Hör auf! befahl sie sich. Es ist aus und vorbei.

Rebecca schaute sie immer noch besorgt an. Andrea zwang sich zu einem Lächeln, als sie um den Wagen herum zum Bürgersteig ging. »Hey, es ist alles prima«, sagte sie. »Mir geht's wieder gut. Und das von heute morgen tut mir leid, okay? Ich meine, mir war übel, und ich fühlte mich mies und ... Nun, du warst da, und da ließ ich alles an dir aus. Es tut mir leid. Und ich mag das Feuerzeug. Ich habe es den ganzen Tag benutzt.«

»Aber mit dem Baby ...«, begann Rebecca, doch Andrea ließ sie nicht aussprechen.

»Hörst du auf, dir Sorgen zu machen? Ich sagte, daß alles in Ordnung ist, okay?« Sie waren jetzt auf der Veranda, und als Rebecca die Haustür öffnete, roch Andrea den vertrauten, erstickenden Geruch von Weihrauch und Kerzenrauch, hörte das Dröhnen der liturgischen Gesänge. »Sie betet, nicht wahr?«

Rebecca nickte. »Ich wollte gerade das Abendessen machen.«

»Ich werde dir helfen.« Andrea hängte ihren Mantel in den Schrank und folgte Rebecca in die Küche, wo der Tisch für zwei Personen gedeckt war.

Rebecca errötete, als sie sah, daß Andrea auf die beiden Gedecke blickte. »Ich wußte nicht, ob du hier bist oder nicht«, sagte sie hastig. »Ich werde sofort ein weiteres Gedeck ...«

»Um Himmels willen, Rebecca, reg dich nicht auf. Ich erledige das schon.« Andrea betrachtete den kleinen Tisch, an dem sie und ihre Mutter alle Mahlzeiten gegessen hatten, seit ihr Vater fort war, und an dem vermutlich auch Rebecca und ihre Tante in den vergangenen zwölf Jahren gegessen hatten. »Ich habe eine Idee. Was hältst du davon, wenn wir das Eßzimmer benutzen?«

Rebecca blickte sie mit großen Augen an. »Das würde Tante Martha aber gar nicht gefallen.«

»Wen interessiert schon, was meiner Mutter gefallen würde oder nicht?« entgegnete Andrea. »Viel wichtiger ist, was dir und mir gefallen würde. Hast du nie im Eßzimmer essen wollen?« Ohne auf eine Antwort zu warten, räumte Andrea die beiden Gedecke vom Küchentisch und stellte sie in den Schrank rechts neben der Spüle zurück. »Und ich finde, wir sollten heute abend auch das gute Tafelsilber benutzen«, kündigte sie an. Eine halbe Stunde später trug Rebecca den aufgewärmten Rinderbraten, der vom Vortag übriggeblieben war, auf dem guten Geschirr auf. Gerade als sie und Andrea die Teller von der Küche ins Eßzimmer trugen, verstummte der Gesang aus der Kapelle abrupt, und Martha Ward tauchte am Ende der Halle auf. Bevor ihre Mutter ein Wort sagen konnte, sprach Andrea.

»Wir essen heute abend im Eßzimmer, Mutter.«

»Wir essen nie im Eßzimmer«, erklärte Martha kategorisch.

»Nun, heute doch. Der Küchentisch ist zu klein, und was hat es für einen Sinn, ein Eßzimmer zu haben, wenn man es nie benutzt?«

»Das Eßzimmer ist dazu da, wenn man Gäste hat.«

»Na komm, Mutter. Wann hattest du das letzte Mal Gäste?«

Marthas Lippen verzogen sich mißbilligend, aber sie sagte nichts, bis sie ins Eßzimmer kam und den Tisch sah. Andrea hatte nicht nur mit dem guten Tafelsilber gedeckt, sondern auch eine Decke auf den Tisch gelegt und Kerzen in die beiden Kandelaber gesteckt, die seit einem Vierteljahrhundert unbenutzt auf der Anrichte gestanden hatten. Rebecca hielt sich zaghaft in der Nähe der Tür auf, überzeugt, daß Martha befehlen würde, das Abendessen in der Küche aufzutragen und den Tisch im Eßzimmer sofort abzuräumen. Als ihre Tante schließlich sprach, war die eisige Kälte jedoch ein wenig aus ihrem Tonfall gewichen, und ihre Stimme klang etwas weicher.

»Vielleicht können wir dies als eine Feier von Andreas Rückkehr betrachten«, sagte sie. Die Spannung im Eßzimmer wich etwas, und Rebecca und Andrea nahmen ihre Plätze an beiden Seiten des Tisches ein, während Martha sich ans Kopfende setzte. »Aber nur für heute«, fuhr sie fort. »Ich bin überzeugt, daß wir drei am Küchentisch reichlich Platz haben. Sprechen wir das Tischgebet?«

Martha neigte den Kopf. Andrea zwinkerte Rebecca verschwörerisch zu, die schnell den Kopf senkte und die Hände faltete, als Martha Ward das Gebet murmelte. Als Martha fertig war, nahm sie ihr Besteck, schnitt ein Stück Rinderbraten ab, spießte es mit der Gabel auf und schob es in den Mund. Sie kaute lange, schluckte das Fleisch schließlich hinunter und heftete dann den Blick auf ihre Tochter. »Ich habe heute morgen mit Monsignore Vernon gesprochen, Andrea.«

Andrea schaute ihre Mutter mißtrauisch an. »So?«

»Er sagt, ich muß für dich beten.«

Andrea wappnete sich gegen die Predigt, zu der sich ihre Mutter anschickte. »Ich befürchte, dazu ist es ein wenig zu spät«, sagte sie. »Ich war nicht so gut wie du dabei, in die Kirche zu gehen.«

Martha betrachtete ihre Tochter traurig, als überlege sie, ob es für sie bereits zu spät war, Vergebung zu finden. Dennoch mußte sie die Anweisungen ihres Priesters befolgen. »Monsignore Vernon sagt, ich muß beten, damit du einen Weg findest, in die Arme des Herrn zurückzukehren. Um des Babys willen«, fügte sie spitz hinzu, damit Andrea ihr Ziel nicht mißverstand.

Andrea, die gerade einen Bissen in den Mund schob, legte langsam die Gabel ab und schaute dann ihre Mutter an. »Wenn du vorhast, für mein Baby zu beten«, sagte sie, »dann brauchst du nicht deine Zeit zu verplempern. Es wird kein Baby geben. Ich war heute in Boston, und das wäre damit erledigt.«

Martha Ward erbleichte. »Erledigt?« wiederholte sie mit kaum hörbarer Stimme. »Was genau heißt das, Andrea?«

Andrea suchte im Gesicht ihrer Mutter nach einer Spur von Mitgefühl für das, was sie durchgemacht hatte, nach irgendeinem Hinweis darauf, daß ihre Mutter vielleicht verstand, warum sie sich zu diesem Schritt entschlossen hatte. Aber es gab keinen, und plötzlich verschwanden die Zweifel, die sie wegen der Abtreibung gehabt hatte, und ihr wurde klar, welche Zukunft ihr Kind gehabt hätte. Ihre Mutter hätte einen Weg gefunden – irgendeinen –, um ihr das Baby wegzunehmen. Dann wäre das Kind in diesem Haus aufgewachsen, erstickt durch den Fanatismus ihrer Mutter, in dem Glauben, daß es in Sünde empfangen und für alle Ewigkeit verdammt sein würde. Mit einer Gewißheit, die durch die unversöhnliche, scheinheilige Miene ihrer Mutter bestärkt wurde, wußte Andrea, daß ihre Entscheidung richtig gewesen war.

»Ich meine, ich habe heute nachmittag abtreiben lassen, Mutter.«

Totenstille senkte sich über das Eßzimmer, als Martha und Andrea sich anstarrten. Schließlich erhob sich Martha von ihrem Stuhl und stieß anklagend einen Finger in Richtung ihrer Tochter. »Mörderin«, zischte sie. Dann hob sie die Stimme. »Mörderin! Du sollst in der Hölle verbrennen!« Martha Ward wandte ihrer Tochter den Rücken zu und schritt aus dem Eißzimmer. Binnen Sekunden schallten liturgische Gesänge durch das Haus.

»Sie betet für dich«, sagte Rebecca leise.

»Nein, das tut sie nicht«, erwiderte Andrea. »Sie betet für sich. Ich bin ihr völlig gleichgültig.«

»Das stimmt nicht«, sagte Rebecca. »Sie liebt dich.«

Jetzt stand auch Andrea auf. »Nein, das tut sie nicht, Rebecca. Sie liebt keinen.« Tränen rannen über Andreas Wangen, als sie fluchtartig das Eßzimmer verließ.

Während das Haus vom Dröhnen des Gesangs erfüllt war, räumte Rebecca traurig den Tisch im Eßzimmer ab und fragte sich, ob er jemals wieder benutzt werden würde.

Rebecca war sich nicht sicher, was sie aufgeweckt hatte; zuerst wußte sie nicht einmal, ob sie überhaupt geschlafen hatte. Obwohl die Türen ihres kleinen Zimmers geschlossen waren, konnte sie immer noch die Musik aus der Kapelle hören, wie schon bei ihrem Zubettgehen. Sie drehte sich zur Seite und blickte auf den kleinen Reisewecker, den sie gestern nachmittag aus Andreas Zimmer mit heruntergenommen hatte. Drei Uhr.

Drei Uhr?

Sie setzte sich im Bett auf, jetzt hellwach, und zum ersten Mal bemerkte sie noch etwas.

Ein Geruch im Haus; nicht der normale süßliche Geruch vom Weihrauch ihrer Tante, sondern der beißende Geruch von Rauch, ein Geruch, der damals das Wohnzimmer erfüllt hatte, als sie versucht hatte, den Kamin zu benutzen, nur um festzustellen, daß ihre Tante vor langer Zeit den Schornstein verstopft hatte, damit das Haus keine Wärme verlor.

Rauch?

Rebecca stieg aus dem Bett und zog ihren Morgenmantel an, als sie zu der Tür ging, die ihr Schlafzimmer vom Eßzimmer trennte. Sie öffnete die Tür einen Spalt, und sofort wurde der ätzende Geruch stärker; sie mußte würgen, als sie Rauch einatmete. Sie riß die Tür weit auf und rannte zum Fuß der Treppe. Dort war der Rauch viel dichter. Sie beobachtete entsetzt, wie noch mehr Qualm vom Obergeschoß herabquoll.

»Feuer!« schrie sie die Treppe hinauf. »Andrea, komm raus! Das Haus brennt!« Als sie keine Antwort bekam, wollte sie die Treppe hinaufrennen, doch der Rauch trieb sie sofort zurück, sie hustete und rang um Atem. Ihre Gedanken überschlugen sich. Sie rief wieder, diesmal ihre Tante, dann rannte sie in die Küche zum Telefon. Mit zitternder Hand wählte sie die Notrufnummer. Sie ließ sich auf den Boden sinken, um dem Rauch zu entgehen, der jetzt von der Halle her in die Küche drang, und schrie ins Telefon, als sich die Notrufzentrale meldete. »Hier ist Rebecca Morrison – bitte! Hilfe! Das Haus brennt! Ich wohne in ...« Plötzlich konnte Rebecca keinen klaren Gedanken fassen, und Panik stieg in ihr auf. Dann hörte sie die Stimme des Telefonisten.

»Ich habe die Adresse bereits«, sagte er. »Sie wohnen Harvard 527. Die Feuerwehr ist unterwegs.«

Rebecca ließ den Telefonhörer einfach fallen und rannte aus der Küche in die Halle zurück. Am Fuß der Treppe rief sie noch einmal nach ihrer Kusine, dann lief sie zur anderen Seite des Hauses und riß die Tür zur Kapelle ihrer Tante auf. Alle Kerzen brannten, und ihre Tante kniete auf dem Betstuhl, hatte den Kopf gesenkt und umklammerte den Rosenkranz.

»Tante Martha!« schrie Rebecca. »Das Haus brennt! Wir müssen raus!«

Langsam, fast wie in Trance, drehte Martha Ward den Kopf und schaute Rebecca an. »Es ist alles in Ordnung, Kind«, sagte sie leise. »Der Herr wird sich um uns kümmern.«

Rebecca ignorierte die Worte ihrer Tante, packte Martha am Arm, zog sie mit aller Kraft auf die Füße und zerrte sie dann aus dem vom Kerzenschein erhellten Raum und in die Halle. Sie riß die Haustür auf, schob ihre Tante auf die Veranda hinaus und taumelte hinter ihr her. Regen hatte eingesetzt, aber Rebecca merkte gar nichts davon, als sie Martha von der Veranda zerrte, während Sirenen durch die Nacht heulten. Rebecca schaute zum Oberschoß empor und rief abermals den Namen ihrer Kusine. Aber noch während sie nach Andrea rief, wußte sie, daß es bereits zu spät war. Im Gegensatz zu den anderen Fenstern des Hauses, die dunkel waren, tanzte orangefarbener Flammenschein hinter dem von Andreas Zimmer.

Rebecca sank auf dem Rasen vor dem Haus auf die Knie. Ohne den Regen und die Kälte wahrzunehmen, betete sie mit ihrer Tante, und Tränen strömten über ihr Gesicht.

8

Rebecca saß zitternd im Wartezimmer des Blackstone Memorial Hospitals. Sie bemühte sich, all die Fragen zu beantworten, die man ihr stellte. Der Großteil des Geschehens war ihr deutlich in Erinnerung. Sie entsann sich, daß sie aufgewacht war und Rauch gerochen hatte. Dann hatte sie ihre Tante und Kusine gerufen, um sie vor dem Feuer im Haus zu warnen. Danach, als sich die Ereignisse überschlagen hatten, waren ihre Erinnerungen etwas verworren. Sie wußte noch, daß sie die Notrufnummer gewählt und ihre Tante aus dem Haus gebracht hatte. Danach wurde alles verschwommen. Die Feuerwehr und ein Streifenwagen waren eingetroffen, und Leute waren aus anderen Häusern gekommen. Dann hatten die Fragen begonnen, aber es waren so viele Leute und so viele Fragen gewesen, daß sie sie nicht mehr auseinanderhalten konnte. Als schließlich Andrea aus dem Haus und in den Krankenwagen getragen worden war, hatte Rebecca darum gebeten, mit ihr zum Krankenhaus fahren zu können.

Sie hatte sich auf den Boden des Krankenwagens gekauert und versucht, den Ärzten aus dem Weg zu bleiben, die ihrer Kusine eine Bluttransfusion gaben. Als sie zum ersten Mal einen Blick auf ihre Kusine hatte werfen können, hätte sie fast laut aufgeschrien. Andreas Gesicht war schlimm verbrannt; ihre Augenbrauen waren fort, und die Haut schälte sich von ihren Wangen und der Nase. Die Haut ihrer Arme und Schultern war schwarz, und ihr ganzes Haar war fort bis auf ein verkohltes Büschel auf ihrer mit Blasen übersäten Kopfhaut. Rebecca schaute schnell fort, aber eine schreckliche Hoffnungslosigkeit stieg in ihr auf, und sie fragte sich, ob Andrea noch leben würde, wenn sie im Krankenhaus eintrafen.

Als sie mit quietschenden Reifen hielten, atmete ihre Kusine jedoch noch, und Rebecca kletterte schnell aus dem Krankenwagen, damit die Sanitäter keine Zeit verloren. Ein paar Sekunden später eilten sie mit Andrea auf einer Trage an ihr vorbei, und Rebecca glaubte ein schwaches Stöhnen zu hören.

Seither klammerte Rebecca sich in Gedanken an diesen Laut, während sich das Wartezimmer schnell mit Leuten füllte und von neuem Fragen auf sie einprasselten. Diesmal war es jedoch der Deputy Sheriff, Steve Driver, der ihr die Hände auf die Schultern legte, damit ihr Zittern aufhörte, und sie angespannt musterte.

»Können Sie sich an sonst etwas erinnern, Rebecca? An irgend etwas?«

Sie schüttelte den Kopf. »Ich habe alles gesagt.«

Driver blickte zu Martha Ward, die neben ihrer Nichte saß und ihren Rosenkranz umklammerte. Ihre Lippen bewegten sich, während sie lautlos betete. »Was ist mit Ihnen, Mrs. Ward? Haben Sie etwas gehört? Da Sie wach waren ...«

»Sie hat gebetet«, sagte Rebecca ruhig. »Wenn sie betet, hört sie nie etwas. Sie hörte nicht mal mich, als ich in die Kapelle kam, um sie aus dem Haus zu schaffen.«

Steve Driver berührte Martha am Arm. »Mrs. Ward? Ich muß mit Ihnen reden. Es ist wirklich wichtig.« Als Martha weiter betete, drückte er ihren Arm und rüttelte ihn leicht. »Mrs. Ward!«

Wie aus tiefem Schlaf gerissen, schaute Martha plötzlich auf. Ein sonderbarer leerer Ausdruck war in ihren Augen, doch dann ließ sie die Hände auf den Schoß sinken und schüttelte betrübt den Kopf. »Es war Gottes Wille«, sagte sie. Steve Driver runzelte die Stirn, blickte zu Rebecca und wandte seine Aufmerksamkeit dann wieder Martha zu. Er neigte sich vor und ergriff ihre Hände. »Mrs. Ward? Können Sie mich hören?«

Martha schien sich zu sammeln. Sie atmete tief durch und richtete sich auf dem Plastikstuhl auf, auf dem sie zusammengesunken gesessen hatte. »Natürlich kann ich Sie hören. Und ich sage Ihnen, was geschehen ist. Gott hat Andrea für ihre Sünde bestraft.«

Der Deputy runzelte die Stirn. »Ihre Sünde?«

»Sie hat ihr Kind getötet«, sagte Martha, und ihre Stimme war jetzt laut und im ganzen Wartezimmer zu hören. »Und Gott hat sie bestraft.«

Der Deputy Sheriff blickte fragend zu Rebecca.

»Andrea hatte eine Abtreibung«, erklärte sie. »Tante Martha mißbilligte das und ...«

Marthas Haltung straffte sich noch mehr. Sie schaute ihre Nichte ärgerlich an. »Gott hat das mißbilligt«, erklärte sie. »Gott richtet, nicht ich. Ich kann nur für die Seele des Kindes beten, das sie ermordet hat.« Ihre Hand spannte sich von neuem um ihren Rosenkranz. »Wir sollten beten. Wir sollten ...«

Bevor sie aussprechen konnte, wurde die Tür zwischen Wartezimmer und Notaufnahme geöffnet, und eine Krankenschwester tauchte auf. »Ihre Kusine ist bei Bewußtsein und möchte Sie sehen«, sagte sie.

»Mich?« fragte Rebecca verwirrt. »Sollte nicht Tante Martha ...«

»Sie hat nach Ihnen gefragt«, sagte die Krankenschwester.

»Wie geht es ihr?« fragte Steve Driver und erhob sich. »Wird sie durchkommen?«

»Das wissen wir nicht«, sagte die Krankenschwester hastig. »Sie hat Verbrennungen von mehr als einem Drittel der Körperoberfläche.« Sie schüttelte den Kopf. »Sie muß furchtbare Schmerzen haben.« Sie wandte sich wieder an Rebecca. »Aber sie ist bei Bewußtsein und fragt nach Ihnen. Es wird sehr schwer für Sie sein, aber ...«

»Das geht schon in Ordnung«, versicherte Rebecca. »Es kann nicht annähernd so schwer für mich sein, wie es das für Andrea ist.«

Sie folgte der Krankenschwester durch die Doppeltür und in den Behandlungsraum der Notaufnahme. Andrea lag auf dem Untersuchungstisch. Sie hing am Tropf, und ein Schlauch führte in ihren Arm, ein anderer in ihre Nase. Dr. Margolis und zwei Assistenten entfernten vorsichtig etwas von Andreas Körper, das wie verbrannte Hautpartikel aussah, aber als Rebecca näher herantrat, sah sie, daß es etwas anderes war. Es waren die Überreste des Nachthemds aus Nylon, das Andrea angehabt hatte, als das Feuer ausgebrochen war. Rebecca zuckte zusammen, als einer der Assistenten ein Stückchen des Materials anhob und dabei auch etwas verbrannte Haut mitnahm.

»Ich – ich habe Glück«, hauchte Andrea mit kaum hörbarer Stimme. »Ich kann es noch nicht spüren.«

Rebecca wollte die Hand ihrer Kusine ergreifen, hielt jedoch gerade noch rechtzeitig inne. »Gott sei Dank lebst du noch«, flüsterte Rebecca. »Und du wirst gesund werden.«

Sie sah, daß ihre Kusine kaum wahrnehmbar den Kopf schüttelte. »Das bezweifle ich«, wisperte Andrea. »Ich werde ...« Sie verstummte und zuckte zusammen, als sie Luft holte. Dann schaffte sie noch ein paar Worte. »Meine Schuld. Ich bin ... mit einer brennenden Zigarette eingeschlafen. Blöde, nicht wahr?«

»Es wird alles gut, Andrea«, sagte Rebecca. »Es war nicht deine Schuld. Es war ein Unfall.«

»Kein Unfall«, flüsterte Andrea. »Mutter sagte ...«

»Es zählt nicht, was Tante Martha gesagt hat«, unterbrach Rebecca. »Es zählt nur, daß du lebst und gesund wirst.«

Andrea schwieg lange, und Rebecca dachte, sie wäre eingeschlafen. Dann sprach sie noch einmal. »Der Drache«, hauchte sie. »Laß nicht zu ...«

Rebecca neigte sich vor und lauschte angestrengt, um zu verstehen, was ihre Kusine sagte. Andrea rang um Atem, und dann bewegten sich ihre verkohlten Lippen wieder. »M-Mutter«, flüsterte sie. »Nicht ...« Aber bevor sie weitersprechen konnte, wirkten die Beruhigungsmittel, und Andrea verlor das Bewußtsein. Sie lag auf einmal wie tot da. Rebecca blickte fragend zu der Krankenschwester auf.

»Was ist passiert? Ist sie ...«

»Sie schläft«, sagte die Schwester. »Wenn Sie bitte wieder ins Wartezimmer gehen ...«

Rebecca schüttelte den Kopf, ohne den Blick von Andreas verunstaltetem Gesicht zu nehmen. »Darf ich hierbleiben?« fragte sie. »Vielleicht hat sie nicht soviel Angst, wenn sie aufwacht und ich hier bin.«

Die Krankenschwester zögerte. Dann wies sie zu einem Stuhl nahe bei der Tür. »Selbstverständlich können Sie hierbleiben, Rebecca.«

Als Rebecca sich auf den Stuhl setzte, widmete sich die Krankenschwester wieder ihrer Arbeit und half Dr. Margolis und den Assistenten, Andreas schlimmste Brandwunden zu säubern und mit einer Salbe zu behandeln, um eine Infektion zu verhindern.

Rebecca fühlte sich völlig hilflos. Sie konnte nur stumm zuschauen.

Oliver Metcalf stand auf und reckte sich. Dann ging er nach draußen, um die frische Morgenluft einzuatmen. Kurz nachdem die Krankenschwester Rebecca zu Andrea gebeten hatte, war er eingetroffen, und er hielt sich jetzt bereits seit vier Stunden im Krankenhaus auf.

Oliver hatte jedes Bruchstück an Information gesammelt, das er über das Feuer bekommen konnte. Er und Steve Driver waren zu dem gleichen Schluß gelangt. Das Feuer war zweifellos ein Unfall, und schuld war Andreas Angewohnheit, im Bett zu rauchen. Die Feuerwehrleute hatten nach dem Löschen des Brandes einen Aschenbecher neben dem Bett gefunden, und obwohl er umgekippt war, hatten sich ringsum ein halbes Dutzend vom Löschwasser durchnäßte Kippen gefunden. Martha Ward war nur unversehrt davongekommen, weil sie unten in der Kapelle gebetet hatte, und selbst das hätte sie vielleicht nicht gerettet, wenn Rebecca nicht wach geworden wäre. »Es hätte viel schlimmer ausgehen können«, sagte Driver, als er und Oliver den Vergleich ihrer Notizen beendet hatten.

Weil er im Krankenhaus nichts mehr ausrichten konnte, fuhr Driver heim. Im Lauf der Nacht leerte sich das Wartezimmer allmählich, bis nur noch Oliver und Martha Ward dort saßen. Oliver hatte mehrmals versucht, mit Martha zu reden, doch sie ignorierte ihn völlig und konzentrierte sich ganz auf eine scheinbar endlose Wiederholung ihrer Gebete. Schließlich hörte der Regen auf, der Tag brach an, und die Sonne ging auf.

Dr. Margolis kam ins Wartezimmer, um Martha Ward zu fragen, ob sie ihre Tochter sehen wollte.

Martha schüttelte den Kopf.

»Ich bete für sie«, sagte sie. »Für sie und ihr Kind. Ich brauche sie nicht zu sehen.«

Der Arzt, erschöpft nach dem stundenlangen Kampf um Andreas Leben, wandte sich angewidert ab und wollte zu seiner Patientin zurückgehen. Oliver hielt ihn auf.

»Wie geht es ihr?« fragte er, doch noch während er die Frage stellte, sagte ihm die Miene des Arztes alles, was er wissen mußte.

»Ich verstehe nicht, wie sie noch viel länger durchhalten kann«, sagte Margolis. Er musterte Oliver sorgfältig. »Was ist mit Ihnen? Wie fühlen Sie sich? Weitere Kopfschmerzen?«

Oliver schüttelte den Kopf.

»Nun, die Tomographie hat nichts ergeben, das Anlaß zur Sorge gibt. Ich wollte Sie später am Morgen anrufen. Ich habe einen Freund und Kollegen in Manchester gebeten, sich die Aufnahmen von Ihnen anzusehen, und er konnte keine krankhafte Veränderung finden.« Der Arzt zwang sich zu einem müden Lächeln. »Natürlich kennt er sie nicht so gut wie ich, nicht wahr?«

Bevor Oliver etwas auf den Scherz erwidern konnte, ertönte ein Alarmsignal von jenseits der Doppeltür, und Margolis eilte hinaus. Oliver sank zurück auf das durchgesessene Sofa. Dann stand er unruhig auf und ging nach draußen. Als er ins Wartezimmer zurückkehrte, kam Rebecca Morrison durch die Doppeltür. Ihre Augen waren gerötet, und Tränen liefen ihr über die Wangen. Oliver eilte zu Rebecca, nahm sie in die Arme und drückte sie an sich. »Ist es vorüber?« fragte er ruhig, obwohl er die Antwort bereits wußte. Er spürte ihr Nicken. Sie zog sich ein wenig zurück und blickte zu ihm auf.

»Es war so sonderbar«, sagte sie. »Zuerst atmete sie, und ich dachte, sie kommt durch. Und dann atmete sie nicht mehr. Sie hörte einfach auf zu atmen, Oliver. Warum geschehen solche Dinge?«

»Ich weiß es nicht«, erwiderte Oliver ruhig. »Es war einfach ein schrecklicher Unfall.« Er strich liebevoll eine Locke aus Rebeccas Stirn und wischte eine Träne von ihrer Wange. »Manchmal geschehen Dinge ...«, begann er, doch Martha Wards Stimme unterbrach ihn.

»Dinge geschehen nicht einfach«, sagte sie. »Es gibt so etwas wie eine göttliche Strafe, und die hat Andrea bekommen. Gottes Wille ist geschehen. Rebecca, es ist an der Zeit für uns, heimzugehen.«

Oliver spürte, daß Rebecca in seinen Armen erstarrte. Dann löste sie sich von ihm.

»Ja, Tante Martha«, sagte sie leise. »Oliver bringt uns bestimmt nach Hause.«

Martha nickte Oliver kurz zu und sagte: »Sie können uns nach Hause bringen.« Dann machte sie kehrt und schritt in den morgendlichen Sonnenschein hinaus, ohne zurückzublicken.

Rebecca wollte ihrer Tante folgen, doch Oliver hielt sie zurück.

»Was ist los?« fragte er. »Ist ihr überhaupt klar, was passiert ist?«

Rebecca nickte. »Sie meint, Andrea ist bestraft worden, weil sie eine Abtreibung hat vornehmen lassen. Aber ich glaube nicht, daß Gott sie dafür bestraft hat. Glauben Sie das?«

Oliver schüttelte den Kopf. »Und ich finde, Sie sollten nicht mehr mit ihr zusammenleben. Können Sie woanders unterkommen? Sie könnten bei mir wohnen. Ich werde ...«

»Schon gut, Oliver«, fiel ihm Rebecca ins Wort. »Ich kann Tante Martha jetzt nicht allein lassen. Sie hat niemanden sonst, und sie war so lange gut zu mir.«

»Aber ...«

»Bitte, Oliver. Bringen Sie uns nur heim.«

Fünf Minuten später bog Oliver auf den Zufahrtsweg von Martha Wards Haus. Erstaunlicherweise waren die einzigen äußeren Anzeichen für den Brand auf dieser Seite des Hauses nur die Beschädigungen des Rasens und der Büsche. Sie waren von den Schläuchen in Mitleidenschaft gezogen worden, die die Feuerwehrleute ins Haus und ins Obergeschoß geschleppt hatten.

»Sind Sie sicher, daß Sie ins Haus zurückkehren wollen?« fragte Oliver noch einmal. »Selbst wenn es bewohnbar ist, wird es darin stinken wie ...«

Aber Martha stieg bereits aus dem Wagen und schritt zum Haus. An der Verandatreppe drehte sie sich um. »Komm, Rebecca«, sagte sie im Befehlston.

Sie behandelt Rebecca wie einen Hund, dachte Oliver ärgerlich. Bevor er irgend etwas sagen konnte, stieg Rebecca ebenfalls aus, und einen Augenblick später verschwanden Martha und Rebecca im Haus.

Oliver wußte, daß er einen Fehler begangen hatte, als er die Tür der ›Roten Henne‹ geöffnet hatte. Aber er war so hungrig gewesen, daß er den großen Hunger der Leute vergessen hatte, die jeden Morgen in die Imbißstube gingen. Und heute hatten sie keinen Hunger auf Krapfen mit Kaffee – die Spezialität der ›Roten Henne‹ –, sondern Hunger auf Informationen.

Die Männer nannten es ›Informationen‹, und ihre Frauen bezeichneten es – weitaus treffender – als ›Tratsch‹.

Wie auch immer, fast jede Stimme in der ›Roten Henne‹ verstummte, und fast alle blickten Oliver erwartungsvoll an, als er eintrat. Er musterte die Gesichter und setzte sich dann an den Tisch, an dem Ed Becker und Bill McGuire in eine Unterhaltung vertieft waren, die sie nur unterbrachen, um ihn heranzuwinken. Als sich Oliver in die Nische neben Ed Becker, den Anwalt, setzte, schaute ihn Bill McGuire fragend an.

»Andrea Ward ist vor einer halben Stunde gestorben«, beantwortete Oliver Bills unausgesprochene Frage.

Der Bauunternehmer zuckte zusammen. »Was, zum Teufel, geht hier vor?«

Ed Becker forderte die Kellnerin mit einer Geste auf, mehr Kaffee zu bringen. »Nichts geht hier vor«, sagte er, und sein Tonfall verriet, daß sie nicht nur über das Feuer der vergangenen Nacht gesprochen hatten.

McGuire schüttelte traurig den Kopf, während die Kellnerin ihm Kaffee einschenkte. »Wie können Sie das sagen?«

»Weil es stimmt«, erwiderte der Anwalt. Dann wandte er sich an Oliver. »Bill denkt anscheinend, daß irgendeine Art Fluch oder so etwas über der Stadt liegt.«

»Das habe ich nicht gesagt«, wandte McGuire etwas zu hastig ein.

»Okay, vielleicht haben Sie es anders formuliert«, räumte Becker ein. »Aber wenn Sie versuchen, eine Reihe von Dingen miteinander in Zusammenhang zu bringen, die nichts miteinander zu tun haben, reden Sie dann nicht von irgendeinem Fluch?«

McGuire schüttelte verbissen den Kopf. »Ich sage nur, daß es hier wirklich unheimlich wird. Zuerst gerät die Bank in Schwierigkeiten, Jules verliert den Verstand und bringt sich selbst um, und jetzt kommt Andrea Ward nach Jahren heim und verbrennt am nächsten Tag.«

Sie brauchten nicht zu erwähnen, was mit Elizabeth McGuire geschehen war. Ihr Selbstmord, so kurz vor dem von Jules Hartwick, hing noch wie ein Gespenst über Bill, und er brauchte ihren Namen gar nicht auszusprechen; die Männer dachten auch so daran.

»Das Feuer war schlicht und einfach ein Unfall«, sagte Oliver.

Aber nachdem er sie über alles informiert hatte, was er in den vergangenen Stunden erfahren hatte, schüttelte Bill McGuire immer noch zweifelnd den Kopf.

»Vor ein paar Monaten hätte ich vielleicht geglaubt, daß Andrea mit einer Zigarette eingeschlafen ist, aber jetzt ...« Er verstummte seufzend.

»Vielleicht war es kein Unfall«, meinte Ed Becker. »Vielleicht hat Martha sie verbrannt.«

»Verbrannt?« wiederholte Oliver entgeistert. »Mensch, Ed, Sie haben vielleicht zu lange Strafrecht praktiziert. Warum um alles in der Welt

würde Martha Ward ihre eigene Tochter umbringen?«

»Nun, Sie sagten selbst, daß sie Andreas Tod anscheinend wenig bedauert. Haben Sie nicht etwas von Gottes Willen geredet?«

»›Göttliche Strafe‹ nannte sie es«, korrigierte Oliver. »Martha ist eine religiöse Fanatikerin. Sie wissen, daß sie in praktisch allem den Willen Gottes sieht.«

»Manchmal sagen sich Leute, daß *sie* die Hand Gottes sind«, bemerkte Becker.

»Na, na, Ed«, sagte Oliver, senkte die Stimme und ließ seinen Blick durch das Lokal schweifen. »Sie wissen, wie schnell sich hier Gerüchte verbreiten. Wenn jemand Sie hört, wird es heute nachmittag in der ganzen Stadt bekannt sein.«

»Na und?« Ed Becker lehnte sich zurück und lächelte boshaft. »Ich persönlich konnte Martha Ward noch nie ausstehen. Sogar als Kind dachte ich stets, sie wäre die Heiligkeit in Person. Sie war einfach ekelhaft. Ich kann mir nicht vorstellen, warum Andrea überhaupt zurückgekommen ist.«

»Laut Rebecca wußte sie nicht, wo sie sonst hätte hingehen können«, sagte Oliver. Er wollte schon von der Abtreibung erzählen, die Andrea gestern hatte vornehmen lassen, aber er schwieg, als ihm einfiel, daß die Fehlgeburt von Bills Frau Elizabeth sie zum Selbstmord getrieben hatte, nur wenige Tage, nachdem sie ihr Baby, einen Sohn, verloren hatte. »Ich hingegen weiß, wo ich hingehen kann«, kündigte Oliver an und erhob sich. »Und ebenso weiß das Bill, es sei denn, er plant, den Umbau meines Büros hinauszuzögern, bis sich alle Probleme mit der Bank gelöst haben.«

McGuire lächelte zum ersten Mal an diesem Morgen. »Sie sind mir auf die Schliche gekommen, wie? Nun, erzählen Sie das nur nicht Ihrem Onkel, der mir den Auftrag gegeben hat, Ihr Büro umzubauen, okay?«

Oliver musterte den Bauunternehmer grinsend. »Meinen Sie, der hat nicht ebenfalls herausgefunden, daß Sie um Zeit pokern? Warum kommt er denn alle paar Wochen mit neuen Ideen und Vorschlägen? Na, kommen Sie schon. Lassen Sie uns eine ganz neue Idee aushecken, wie mein Büro aussehen soll, nur auf die geringe Chance hin, daß Melissa Holloway mit der Bank alles in Ordnung bringt und Sie endlich mit dem Bau des Blackstone Center beginnen können. Und reden wir nicht von Flüchen und schrecklichen Verschwörungen, okay? Ich bin Journalist, kein Schreiber von erfundenen Gruselgeschichten.«

Die beiden Männer verließen die ›Rote Henne‹, und Sekunden später war die Imbißstube von neuem mit Stimmengewirr erfüllt, als jeder dem anderen erzählte, welche Bruchstücke von Olivers Unterhaltung er aufgeschnappt hatte.

Schließlich ergriff Leonard Wilkins das Wort,

ein barscher Siebzigjähriger, der dreißig Jahre lang das Autokino betrieben hatte, bis es geschlossen und das Grundstück für den Flohmarkt genutzt worden war.

»Wenn ihr mich fragt«, sagte er. »Ich finde, wir sollten ein Auge auf Oliver Metcalf halten.«

»Na, na«, meinte ein anderer. »Oliver ist solide wie ein Fels.«

»Vielleicht«, erwiderte Wilkins. »Aber wir wissen einfach nicht, was damals mit seiner Schwester geschah, als sie Kinder waren. Seit die Probleme hier begonnen haben, gewinne ich den Eindruck, daß sich dieser Mann sonderbar verhält. Und ich habe von meiner Trudy gehört, daß er neulich mit Phil Margolis über Kopfschmerzen gesprochen hat. Über schlimme Kopfschmerzen.«

Nach nur einer ganz kurzen Pause setzte das Stimmengewirr in der Imbißstube wieder ein.

Aber sie redeten nicht mehr über das Feuer, das Andrea Ward umgebracht hatte.

Jetzt redeten sie über Oliver Metcalf.

9

Es war nicht nur der Anblick des Zimmers, der Rebecca entsetzte, obwohl er schlimm genug war. Das Bett – in dem Rebecca seit fast zwölf Jahren beinahe jede Nacht geschlafen hatte – war ein nasser, rußgeschwärzter Trümmerhaufen. Selbst von der Türschwelle aus – Rebecca hatte nicht den Mut gehabt, das Zimmer zu betreten – konnte sie sehen, daß das Feuer im Bett begonnen und sich von dort aus ausgebreitet haben mußte. Sie erschauerte bei der Vorstellung, daß Andrea mit einer Zigarette in der Hand eingeschlafen war. Die Zigarette mußte ihr entglitten und auf die Bettdecke gefallen sein, sich langsam durch die Decken, Laken und die Unterlage und schließlich in die Matratze gebrannt haben.

Aber warum war Andrea nicht aufgewacht? Hatte sie nicht husten müssen, als der Rauch das Zimmer erfüllt hatte? Oder war sie im Schlaf sofort bewußtlos geworden, ohne überhaupt wahrzunehmen, was ihr widerfuhr? So mußte es gewesen sein, denn sonst wäre sie sicherlich wach geworden, als das Feuer sich vom Bett aus ausgebreitet hatte, über den Teppich gekrochen und dann an den Vorhängen emporgezüngelt war. Die Fensterrahmen waren schlimm verkohlt, und die Tapete hing in rußgeschwärzten Fetzen herunter. Alles im Zimmer mußte entfernt und die Tapete und Farbe bis auf das kahle Holz abgekratzt werden. Vor allem der Gestank ließ Rebecca erschauern. Dieser entsetzliche Gestank hatte nichts mit dem Geruch eines Feuers zu tun, das in einem Kamin brannte. Dies war ein Gestank, den sie nie vergessen würde. Von dem Moment an, in dem ihre Tante und sie ins Haus zurückgekehrt waren, war er ihr in die Nase gestiegen, und jeder Atemzug hatte sie daran erinnert, wie sie mitten in der Nacht erwacht war und erkannt hatte, daß das Haus brannte.

Martha Ward war dagegen gewesen, doch Rebecca war durch alle Räume gegangen – mit Ausnahme der Kapelle – und hatte die Fenster so weit geöffnet wie möglich. Auch die Türen hatte sie geöffnet und mit Keilen festgestellt, damit sie im Durchzug nicht zufielen. Die kalte Luft hatte wenigstens den schlimmsten Brandgeruch vertrieben. Sie zog ihr Bett und dann das ihrer Tante ab und steckte die Bettwäsche in die große Waschmaschine im Kellergeschoß. Aber schon bei der ersten Füllung wußte sie, daß ihr eine scheinbar endlose Prozedur bevorstand. Jedes Kleidungsstück mußte gewaschen, jedes Möbelstück gesäubert werden. Jeder Teppich mußte in die Reinigung gebracht werden. Selbst dann würde der Geruch bleiben, davon war sie überzeugt, und jedesmal, wenn sie das Haus betrat, würde sie sich an die schreckliche Szene der vergangenen Nacht erinnern, die wie ein Alptraum war, aus dem sie nie entkommen konnte.

Sie stand immer noch in der Tür von Andreas

Zimmer und wollte sich zwingen, es zu betreten, als ihre Tante von unten rief: »Rebecca? Rebecca! Dieses Haus säubert sich nicht von selbst.«

Rebecca wollte sich von der Tür zu Andreas Zimmer abwenden, als ihr Blick auf etwas fiel.

Auf etwas, das in sonderbarem Kontrast zu der verrußten und verkohlten Schwärze des Zimmers glitzerte.

Etwas, das fast unter dem Bett versteckt war.

Schon als sie in das Zimmer ging, um den Gegenstand aufzuheben, wußte sie, was es war.

Das Feuerzeug in der Form eines Drachenkopfes, das sie Andrea vorgestern geschenkt hatte.

Sie wischte den schlimmsten Ruß ab und drehte das glänzende Feuerzeug in ihrer Hand. Die roten Augen des Drachen funkelten zu ihr empor, und obwohl immer noch etwas Ruß auf den golden glänzenden Schuppen des Drachenkopfs haftete, schien das Feuer ihn nicht beschädigt zu haben.

Als sie auf den Knopf am Nacken drückte, leckte sofort eine Flammenzunge empor.

»Rebecca? Rebecca! Ich warte auf dich!«

Die gebieterische Stimme ihrer Tante ließ Rebecca hochschrecken. Sie eilte aus dem Zimmer und die Treppe hinab. Martha wartete in der Halle. Ein Eimer mit Seifenwasser stand zu ihren Füßen. Sie überreichte Rebecca einen Putzlappen. »Fang hier an. Ich werde mir die Küche vornehmen.«

Rebecca blickte auf die rußgeschwärzte Tapete an den Wänden. »Es wird die Tapete ruinieren, Tante Martha.«

»Die Tapete wird nicht ruiniert werden«, behauptete Martha. »Der Herr wird unser Haus reinwaschen. Das ist so sicher, wie Er Andrea für ihre Sünden bestraft hat.« Dann fiel ihr Blick auf den Gegenstand in Rebeccas Hand. »Was ist das?«

Aus einem Impuls heraus wollte Rebecca das Drachenkopf-Feuerzeug in ihrer Tasche verschwinden lassen, damit ihre Tante es nicht zu Gesicht bekam, aber sie wußte, daß es zu spät war. Widerstrebend gab sie ihrer Tante den golden glänzenden Drachenkopf. »Es ist nur ein Feuerzeug«, sagte sie leise. »Ich habe es Andrea am Sonntag geschenkt, als sie wieder hier einzog.«

Martha Ward hielt das Feuerzeug hoch, drehte es und betrachtete es aus jedem Winkel. »Woher ist das?« fragte sie, den Blick immer noch auf den Drachenkopf gerichtet.

»Vom Flohmarkt«, antwortete Rebecca. »Oliver und ich haben es entdeckt und ...«

»Oliver?« unterbrach Martha. »Oliver Metcalf?«

Rebecca zuckte zurück vor der Verachtung, die in der Stimme ihrer Tante lag. »Oliver ist mein Freund«, sagte sie, aber sie sprach so leise, daß die Worte fast unhörbar waren.

»Ich hätte mir denken können, daß Oliver Metcalf so etwas entdeckt«, sagte Martha, und ihre Hand schloß sich einen Moment lang um den Drachenkopf, bevor sie das Feuerzeug in ihre Schürzentasche steckte. »Ich werde es in den Müll werfen.«

»Aber es gehört dir nicht, Tante Martha. Ich habe es Andrea geschenkt und ...« Ihre Stimme brach. »Und ich – nun, ich möchte es einfach behalten.«

Martha Wards Miene verhärtete sich zu der gleichen Maske der Verdammung, die ihr Gesicht am vergangenen Abend angenommen hatte, als Andrea ihr erzählt hatte, weshalb sie in Boston gewesen war. »Es ist ein Götzenbild und ein Werkzeug des Teufels«, behauptete sie. »Ich werde entscheiden, wie es am besten beseitigt wird.«

Sie wandte sich ab, ging durch die Halle und verschwand in der Küche.

Rebecca tauchte den Putzlappen in den Eimer mit Seifenwasser, wrang ihn aus und begann die Rußschicht vom Rahmen der Haustür zu wischen. Aber noch während sie arbeitete, wurde ihr klar, daß es nutzlos war. Ganz gleich, wie lange sie schrubben mochte, der schreckliche Brandgestank würde nie aus dem Haus verschwinden.

Aber sie wußte, daß ihre Tante sie immer weiter drängen würde, ihn zu vertreiben.

10

In der Stille der Nacht ging Martha Ward langsam durch die Zimmer ihres Hauses. Sie hatte ihr ganzes Leben lang darin gewohnt; die Vergangenheit war in jedem Winkel verborgen. Und doch war es Jahre her, seit sie das letzte Mal auf die Suche nach Erinnerungen gegangen war. Seit langem hatte sie sich darauf beschränkt, sich in den Räumen aufzuhalten, in denen sie sich am sichersten fühlte.

Ihr Zimmer. Nicht das Elternzimmer, in dem sie und Fred Ward in den wenigen Jahren geschlafen hatten, bevor er sie verlassen hatte, sondern ihr Zimmer aus der Kinderzeit, in dem sie gewohnt hatte, als sie noch unschuldig gewesen war, bevor sie sich von der Sünde hatte verführen lassen. Das Zimmer, in das sie an dem Tag, an dem Fred Ward sie verlassen hatte, wieder eingezogen war, um nicht mehr in Versuchung zu geraten.

Sie hatte Glück gehabt, das hatte sie jedenfalls gedacht. Sie hatte Fred wenigstens geheiratet, bevor sie zugelassen hatte, daß er sie vom Pfad der Tugend und Rechtschaffenheit hatte abbringen können.

Im Gegensatz zu ihrer jüngeren Schwester, die Rebecca nur fünf Monate nach der Heirat mit Mick Morrison geboren hatte.

Und gewiß im Gegensatz zu ihrer älteren

Schwester, die Tommy Gardner erlaubt hatte, ihr die Wege des Teufels zu zeigen, und die dann überhaupt nicht geheiratet hatte.

In ihrem bitteren Studium des Katechismus hatte Martha den Preis der Sünde kennengelernt und all die Formen der Vergeltung, die Gottes Wille annehmen konnte.

Gewiß hatte Sein göttlicher Wille ihre Familie im Laufe der Jahre oftmals und in vielerlei Formen getroffen.

Da war erstens ihre ältere Schwester, die aus dem Haus verbannt worden war, als man ihre Sünde entdeckt hatte. Aber damals war Martha ein kleines Kind gewesen und hatte Marilyns Sünde nicht verstanden. Sie hatte einfach angenommen, ihre Schwester sei krank und man habe sie deshalb in das Krankenhaus auf dem Hügel gebracht. Schließlich, nachdem Marilyn sehr lange fort gewesen war, hatte Martha ihr Sparschwein geöffnet, alles Geld herausgenommen und ihrer Schwester ein Geschenk gekauft. Es war ein Feuerzeug, und für die Augen einer Sechsjährigen war es wunderschön, mit goldenen Schuppen und rubinroten Augen. Sie hatte es entzückt betrachtet, bevor sie es zum Portal des großen Hospitals gebracht und der ersten Person gegeben hatte, die sie gesehen und ihr versprochen hatte, es ihrer Schwester zu überbringen.

Ihr Vater war sehr ärgerlich gewesen, als er herausgefunden hatte, was sie getan hatte. Er hatte sie geschlagen und eine Woche lang in ihrem Zimmer eingesperrt, und als er sie schließlich herausließ, erklärte er ihr, daß sie ihre Schwester niemals wiedersehen würde.

Erst Jahre später erfuhr sie, was mit ihrer Schwester geschehen war, und als sie zu ihrem Priester gegangen war, um zu beichten, daß sie ihrer Schwester das Instrument gegeben hatte, mit dem Marilyn sich umgebracht hatte, war sie von ihm beruhigt worden. »Es war Gottes Wille«, sagte er. »Deine Schwester hat schwer gesündigt, und das Geschenk, das du ihr gemacht hast, war nur ein Werkzeug göttlichen Eingreifens. Du bist gesegnet, denn Gott wählte dich als sein Werkzeug.«

Obwohl ihre ältere Schwester umgehend für ihre Sünde bestraft worden war, ließ die Bestrafung ihrer jüngeren Schwester durch die Hand Gottes sechzehn Jahre auf sich warten. Doch als der ›Unfall‹ schließlich passierte, verstand Martha schnell, daß es überhaupt kein Unfall gewesen war. Im flackernden Kerzenschein der Kapelle, mit dem Gregorianischen Choral, der alles außer Gottes Stimme in ihren Gedanken übertönte, hatte Martha schnell verstanden, daß Rebeccas Eltern endlich für ihre Sünde bestraft worden waren. Es war ihr ebenfalls klargeworden, daß es ihre Pflicht war, Rebecca – die Frucht dieser lange zurückliegenden Sünde – in ihr Haus aufzunehmen und vor den Anfeindungen des Teufels zu schützen.

Martha hatte ihr Bestes getan, um das zu erreichen.

Sie hatte Rebecca das Zimmer ihrer eigenen Tochter gegeben und versucht, sie auf dem Pfad der Tugend zu halten, von dem sogar Andrea abgewichen war.

Zwei der Zimmer – das, in dem ihre Eltern und sogar sie und Fred zusammen geschlafen hatten, und das Zimmer, in dem Rebeccas Mutter mit Mick Morrison geschlafen hatte – betrat Martha niemals. Sie weigerte sich, auch nur einen Fuß hineinzusetzen. Andere, zum Beispiel das Eß- und Wohnzimmer, das ihre Eltern benutzt hatten, um ihre gottlosen Freunde zu unterhalten, mied sie einfach.

Rebecca hielt die Zimmer natürlich sauber, denn Martha gab sich Mühe bei der Belehrung und Schulung des Mädchens und flößte ihr nicht nur die Tugend der Keuschheit, sondern auch die der Sauberkeit ein.

Für sich selbst benutzte Martha nur das Schlafzimmer ihrer Kinderzeit, weil sie wußte, daß dort niemals eine Sünde begangen worden war, und die Kapelle, in der sie um ihr Seelenheil und um die göttliche Anleitung betete, wie sie sich und Rebecca von Sünde frei halten konnte.

Und es hatte geklappt. Während die Jahre voller Gebete und Andachten vergingen, spürte Martha, daß allmählich die Reinheit ins Haus zurückkehrte, die gleiche Reinheit, die sie in ihrer gesegneten Seele empfand, und sie war zunehmend überzeugter gewesen, daß sie schließlich sicher vor der Verdammung war, die ihre beiden Schwestern getroffen hatte.

Vor zwei Tagen, als Andrea – ungebeten und unwillkommen – zurückgekehrt war, hatte Martha gewußt, daß sie die Tür vor ihr verschließen sollte, sich sogar weigern sollte, ihr Hurengesicht anzusehen. Aber das hatte sie nicht getan. Statt dessen hatte sie Andrea in ihr Haus eingelassen, und Satan war mit ihr hereingeschlüpft.

Ehebruch mit einem verheirateten Mann.

Ein uneheliches Kind.

Abtreibung!

Warum hatte sie das hingenommen?

Und jetzt, als sie schlaflos durch die Räume des Hauses wanderte, kamen all die Erinnerungen wieder. Im Wohnzimmer glaubte sie immer noch die Anwesenheit ihrer älteren Schwester zu spüren und sogar das Parfüm zu riechen, das sie benutzt hatte, um den Teufel – in Gestalt von Tommy Gardner – anzulocken.

Im großen Schlafzimmer oben, das seit Jahrzehnten unbenutzt war, glaubte sie das lustvolle Stöhnen ihrer jüngeren Schwester zu hören, als sie sich den falschen Freuden der Sünde in den Armen von Mick Morrison hingegeben hatte.

Trotz Marthas jahrelangem Beten und Büßen wohnte Satan immer noch hier. Selbst der Brandgestank des Feuers, in dem Andrea so schwere Verbrennungen erlitten hatte, daß sie im Krankenhaus gestorben war, konnte nicht den Gestank der Sünde überdecken, der wie ein schwefelartiger Nebel das Haus durchtränkt hatte.

Schließlich ging Martha in die Kapelle. Sie zündete alle Kerzen an, stellte die Musik der liturgischen Gesänge an, leise genug, damit Rebecca nicht aufwachte, und sank auf den Betstuhl. Der Rosenkranz glitt durch ihre Finger, und sie begann lautlos ihre Gebete. Als die Kerzen flackerten und der Gesang dröhnte, öffnete sie ihre Seele der Stimme Gottes und heftete den Blick auf das Gesicht des Erlösers. Aber während die Minuten im Gebet vergingen und langsam zu Stunden wurden, begann sich das Gesicht, das Martha Ward anschaute, zu verändern.

Das Gesicht ihres Erlösers verwandelte sich, und sie sah in die Augen des Drachen.

Und während sie tief in die rubinroten Augen schaute, ertönte eine Stimme und sagte ihr, was sie tun mußte. Martha Ward erhob sich und verließ die Kapelle.

Rebecca ignorierte den ersten Tropfen, der auf ihr Gesicht fiel. Es war ein perfekter Frühlingstag, die Art, die sie am meisten liebte, an dem die Sonne strahlend an einem hellblauen Himmel schien, die Bäume mit dem zarten Grün neuer Blätter bedeckt waren, die letzten der Krokusse noch blühten und die kaum geöffneten Narzissen ihre ersten Spuren von Gelb zeigten. Vögel sangen, eine leichte Brise trug den würzigen Duft des Kiefernwalds hinter dem Haus durch ihr Fenster herein, und sie atmete tief ein. Seufzend drehte sie sich im Bett auf die Seite und streckte sich wohlig unter der leichten Bettdecke.

Ein weiterer Tropfen fiel auf ihr Gesicht und dann noch einer.

Regen?

Aber wie konnte es regnen?

Sie war in ihrem Zimmer, und obwohl das Fenster offenstand und eine kühle Brise hereinwehte, konnte sie sehen, daß der morgendliche Himmel völlig wolkenlos war.

Aber dann fiel wieder ein Tropfen auf ihr Gesicht. Und noch einer.

Sie zuckte zusammen, drehte sich auf die andere Seite und versuchte dem Regen zu entkommen, der diesen perfekten Morgen verdarb.

Der Sonnenschein verblaßte, und als es rings um sie dunkel wurde, ließ die Brise nach, und mit ihr verschwand die frische duftende Luft, von der sie noch Sekunden zuvor entzückt gewesen war. Jetzt hatte die Luft etwas Ätzendes, und Rebecca wandte den Kopf ab.

Selbst der Regen hatte sich verändert; er fühlte sich überhaupt nicht mehr wie Regen an.

Und auch das Vogelgezwitscher klang anders, war von der fröhlichen Melodie zu einem leisen Murmeln geworden, das ihr vertraut, jedoch nicht ganz zu erkennen war.

Sie wälzte sich wieder auf die andere Seite. Plötzlich mußte sie husten und würgen. Beißender Gestank stieg ihr in die Nase. Sie schreckte aus dem Schlaf, und die letzten Reste des Traums verschwanden.

Es war überhaupt nicht Morgen. Das einzige Licht im Zimmer kam vom Mond, der tief am Himmel stand und dessen Schein durch das Fenster hereinfiel.

Ebensowenig spürte sie eine frische Brise, denn das Fenster war fest gegen die Kälte der Märznacht verschlossen.

Aber der Regen? Warum hatte sie vom Regen geträumt?

Dann erkannte sie, daß das Bettzeug rings um sie kalt und naß war, klebrig von etwas, das roch wie ...

Terpentin?

Aber das war unmöglich. Warum sollte ...

Erst dann bemerkte sie die Bewegung im Zimmer und hörte das Murmeln, das in ihrem Traum wie Vogelgezwitscher geklungen hatte.

Mit hämmerndem Herzen warf Rebecca die Bettdecke von sich und tastete nach dem Knopf der kleinen Leselampe auf dem Nachttisch. Als das Licht anging, blinzelte sie, doch dann gewöhnten sich ihre Augen an die plötzliche Helligkeit, und sie erkannte ihre Tante.

Marthas Augen waren weit aufgerissen und blicklos. Sie starrte in die Ferne auf etwas, das Rebecca nicht sehen konnte, bewegte sich im

Zimmer auf und ab und schüttete Terpentin aus einem großen Kanister auf die Vorhänge und Wände. Der Geruch des Terpentins war so stark, daß er völlig den Brandgeruch überdeckte, der das Zimmer erfüllt hatte, als Rebecca schlafen gegangen war. Instinktiv preßte Rebecca das Laken auf Nase und Mund, um nicht die Dämpfe einatmen zu müssen, doch sie mußte von neuem husten. Als ihr von dem stechenden Geruch, den sie eingeatmet hatte, übel wurde, warf sie die terpentingetränkte Bettdecke zur Seite.

»Tante Martha, nicht!« flehte sie. »Was machst du ...«

Sie sprach nicht weiter, denn ihr wurde klar, daß ihre Tante ihre Worte ebensowenig wahrnahm, wie sie das Licht sah, das Rebecca eingeschaltet hatte.

»Gereinigt«, hörte sie ihre Tante murmeln. »Wir müssen von unseren Sünden gereinigt werden, damit wir mit dem Herrn leben können!« Martha verteilte den Rest Terpentin. Dann zögerte sie und starrte auf den Kanister, als könne sie nicht verstehen, warum er leer war. Sie wandte sich abrupt um, schritt aus dem Zimmer und zog die Tür zum Eßzimmer hinter sich zu.

Eine Sekunde später hörte Rebecca das Einrasten des Schlosses, als ihre Tante den Schlüssel drehte.

Rebecca sprang aus dem Bett, rannte zur Tür, rüttelte daran und hämmerte dagegen.

»Tante Martha!« Furcht stieg in ihr auf, als ihr

klar wurde, daß sie in der kleinen Kammer in der Falle saß. »Tante Martha, laß mich raus!«

Statt einer Reaktion auf ihr Flehen hörte Rebecca nur die gemurmelten Gebete ihrer Tante, die jetzt durch das dicke Holz der abgeschlossenen Tür gedämpft wurden.

Raus!

Sie mußte raus und Hilfe holen!

Sie riß den Morgenmantel vom Haken des einzigen kleinen Schranks in der Kammer, warf ihn sich über, schlüpfte in ihre abgetragenen Pantoffeln und lief zum Fenster. Obwohl sich der Griff drehen ließ, konnte sie das Fenster nicht öffnen, weil vor langer Zeit der Rahmen gestrichen worden war und sich die Farbe des Rahmens mit der des Fensters vermischt hatte. Ganz gleich, wie fest sie zog, Rebecca konnte das Fenster nicht aufreißen. Schließlich nahm sie die kleine Leselampe, schlug die untere Fensterscheibe ein und fegte die Scherben fort, bis sie hinausklettern konnte, ohne sich zu schneiden. Sie fiel nur vielleicht einen halben Meter tiefer zu Boden. Dann zögerte sie.

Wohin sollte sie gehen?

Erinnerungen blitzten in ihr auf – Erinnerungen an die merkwürdigen Blicke der Nachbarn ihrer Tante, der VanDeventers, mit denen diese sie jahrelang angeschaut hatten; Erinnerungen an Bemerkungen, die gefallen waren, als sie gemeint hatten, sie könne sie nicht hören.

Arme Rebecca.

Sie ist nicht mehr ganz in Ordnung seit dem Unfall.

Nicht mehr ganz richtig im Kopf.

Was würden sie sagen, wenn sie mitten in der Nacht an ihre Tür klopfte, um zu sagen, daß ihre Tante ihr Haus niederbrennen wollte?

Oliver!

Oliver würde sie anhören! Er war ihr Freund, und er würde sie nicht für verrückt halten!

Anstatt nach vorne zum Haus zu laufen, rannte Rebecca über den hinteren Hof zum Waldrand, wo ein schmaler Weg am Grundstück der Hartwicks entlangführte und dann in den Pfad mündete, der zu der Irrenanstalt führte. Es zogen immer noch ein paar Wolken über den Himmel, aber der Mondschein war trotzdem hell genug, um den Pfad in der Dunkelheit erkennen zu können, und Rebecca lief die ganze Strecke; nur einige Meter lang war der Pfad so naß und schlammig, daß sie sich vorsichtig und langsam einen Weg bahnen mußte. Als sie gegen Olivers Haustür klopfte und nach ihm rief, waren ihre Pantoffeln naß und schmutzig, und auch ihre Beine waren mit Schlamm bespritzt. Die kalte Nachtluft war längst durch den dünnen Stoff ihres Morgenmantels gedrungen, und obwohl sie vom Laufen erhitzt war und keuchend um Atem rang, zitterte sie in der Kälte.

Als keine sofortige Reaktion auf ihr heftiges Klopfen erfolgte, drückte Rebecca auf den Klingelknopf und hämmerte noch einmal gegen die

Tür. Dann trat sie zurück und rief zum Obergeschoß hoch. »Oliver! Oliver, wachen Sie auf! Ich bin's, Rebecca!«

Es verging scheinbar eine Ewigkeit, bis die Verandalampe anging, die Haustür geöffnet wurde und Oliver herausspähte. »Rebecca? Was ist los? Was ...«

Rebecca, schließlich überwältigt von der Kälte, der Dunkelheit und dem Entsetzen, das sie nur lange genug unter Kontrolle hatte halten können, um hierhin zu gelangen, begann zu schluchzen. »Sie hat mich eingesperrt«, begann sie. »Sie versuchte ... Ich meine, sie will ...« Sie verstummte, zwang sich, tief durchzuatmen, und verlor wieder die Kontrolle über sich.

Oliver zog sie ins Haus und schloß die Tür, sperrte die Kälte aus. »Es ist alles in Ordnung, Rebecca«, sagte er tröstend. »Sie sind jetzt in Sicherheit. Erzählen Sie mir, was geschehen ist.«

»Tante Martha«, brachte Rebecca schließlich heraus. »Sie ist ... O Oliver, ich glaube, sie ist wahnsinnig geworden!«

11

Alles war bereit.

Abgesehen von ihren geliebten Gregorianischen Gesängen, die einzige Musik, die jemals ihre Seele beruhigt hatte, war Martha Wards Haus still.

Sie erinnerte sich vage daran, vor einer Weile die Stimme ihrer Nichte gehört zu haben, doch sie war schnell verstummt, und jetzt herrschte Ruhe.

Gottes Hand hatte das sündige Mädchen zum Verstummen gebracht, davon war Martha überzeugt.

Sie betrachtete sich ein letztes Mal im Spiegel – schalt sich für ihre Eitelkeit, fühlte sich jedoch sicher in dem Wissen, daß ihr in ein paar Minuten diese und alle anderen Sünden vergeben werden würden –, und sie lächelte anerkennend über ihre Schönheit.

Ihr Spiegelbild gab perfekt wieder, wie Martha sich selbst sah: wieder jung, mit rosigen Wangen, vollen Lippen und großen Augen, die kindliche Unschuld ausstrahlten. Obwohl sie ihr Kleid schon einmal getragen hatte – an dem Tag, an dem sie Fred Ward geheiratet hatte –, wirkte es im Spiegel so nagelneu wie an dem Tag, an dem sie es gekauft hatte, und als sie die aufgenähten Perlen am Busen und die vollkommene Tugendhaftigkeit betrachtete, die sich in der fließenden

Weite des reinen Weiß', den langen Ärmeln und dem hochgeschlossenen Kragen zeigte, konnte sie sich nicht erinnern, es jemals gesehen zu haben.

Eine Tiara von Perlen hielt einen Schleier auf ihrem Kopf, und als sie den dünnen Tüllschleier über ihr Gesicht hinabzog, nahm Marthas Spiegelbild einen vergeistigten, fast heiligen Zug an. Zufrieden, weil alles in Ordnung war, wandte sie sich schließlich vom Spiegel und dem Symbol der Eitelkeit ab und wußte dabei, daß sie ihr Spiegelbild nie wiedersehen würde. Sie nahm den einzigen Gegenstand, den sie zu der bevorstehenden Zeremonie mitnehmen würde, verließ ihr Schlafzimmer und schloß behutsam die Tür hinter sich.

Unten verharrte sie vor der Kapelle, sammelte sich, öffnete dann die Tür und trat ein. Die Kapelle war dunkel bis auf ein einziges Licht, das auf das Gesicht Christi fiel. Dieses schien in der Dunkelheit über dem Altar zu schweben. Martha beugte tief das Knie und ging dann langsam auf den Altar zu, den Blick immer auf das Gesicht gerichtet, das über ihr schwebte. Als sie schließlich dicht vor dem Altar stand, drückte sie mit zitternden Fingern den Gegenstand in ihrer Hand.

Eine Flammenzunge schoß aus dem Maul des Drachen.

Sie hielt die vergoldete Bestie fest umklammert und begann die Kerzen auf dem Altar anzuzünden, und während sie ruhig von einer Kerze zur anderen ging, betete sie stumm.

Sie betete für ihre Mutter und ihren Vater.

Für ihre ältere Schwester, Marilyn, deren Sünden zu einem frühen Tod geführt hatten.

Für Tommy Gardner, der von Satan geschickt worden war, um Marilyn in Versuchung zu führen.

Für Margaret und Mick Morrison; die Frucht ihrer Sünden hatte Martha in ihrem Haus aufgenommen.

Die Flammenzunge des Drachen entzündete Kerze um Kerze, denn Martha wußte nur zu gut, daß Blackstone voller Sünder war, und in dieser Nacht mußte für jeden von ihnen um Erlösung gebetet werden.

Als alle Kerzen auf dem Altar hell brannten, wandte sich Martha den Heiligen in ihren Alkoven zu und zündete auch für jeden von ihnen eine Kerze an, damit sie Zeugen der Herrlichkeit dieser Nacht wurden.

Martha zündete die Kerzen vor der Heiligen Jungfrau an, kniete sich vor der Statue hin und betete, daß der einzige Sohn der Heiligen sie vielleicht Seiner würdig finden würde.

Als alle Gebete gesprochen waren, erhob sich Martha noch einmal. Sie ging abermals zu dem Altar, zögerte und erkannte dann, daß sie noch eines tun mußte.

Sie ging zuerst zu einem der Fenster, dann zu dem anderen. Sie zog die schweren Vorhänge auf und sicherte sie sorgfältig mit den Samtbändern, die seit mehr als zwei Jahrzehnten nicht mehr benutzt worden waren. Dann zog sie auch die Gardinen auf, und obwohl der vermoderte Stoff unter ihren Händen zerbröselte, nahm sie nur die Pracht ihrer Umgebung wahr, die jetzt endlich auch für die Welt draußen sichtbar war, damit jeder, der es wünschte, zuschauen und Zeuge ihrer Erlösung werden konnte. Als sie sich ein letztes Mal dem Altar und ihrem Erlöser zuwandte, nahm sie die Sirene, die draußen heulte, ebensowenig wahr wie das Licht, das die Nachbarn in ihren Häusern angeschaltet hatten, als sie aus dem Bett aufstanden, um zu sehen, welche neue Tragödie über ihre Stadt hereingebrochen war.

Martha fiel auf die Knie und sprach leise die Gelübde, die sie für alle Ewigkeit an ihren Erlöser binden würden.

Vor Martha Wards Haus trafen Oliver Metcalf und Rebecca nur Sekunden nach der Polizei ein, die mit der Sirene des Streifenwagens bereits die Nachbarn geweckt hatte. Als Rebecca Deputy Sheriff Steve Driver das sonderbare Verhalten ihrer Tante zu erklären versuchte, tauchten die Bewohner der Nachbarhäuser auf. Einige davon trugen noch ihren Schlafanzug, andere hatten sich Mäntel übergezogen, und manche hatten sich hastig angekleidet. Sie drängten sich um

Rebecca und tuschelten miteinander, und erst einer und dann ein weiterer schnappte ein Bruchstück der seltsamen Geschichte auf, die sie erzählte. Aber bevor sie zu Ende berichtet hatte, bemerkte jemand, daß zwei der Fenster in dem ansonsten dunklen Haus hell beleuchtet waren.

Von der Versammlung der Nachbarn mitgerissen, gingen Rebecca und Oliver näher zum Zufahrtsweg der Hartwicks und blickten in die Richtung, in die auch alle anderen schauten. Durch die Fenster, deren Vorhänge aufgezogen waren, konnten sie deutlich Martha Ward im Hochzeitskleid vor ihrem Altar stehen sehen. Ihr verschleiertes Gesicht war emporgerichtet, und ihre Gestalt war vom goldenen Schein flackernder Kerzen eingehüllt.

»Was macht sie?« fragte jemand.

Keiner gab eine Antwort.

Als Martha Ward ihr Gelübde beendet hatte, kniete sie sich ein letztes Mal hin. Ihr Blick war immer noch auf das Gesicht der Gestalt über dem Altar gerichtet. Ihre Hand spannte sich um den Nacken des Drachen.

Zum letzten Mal zuckte der Atem des Drachen auf.

Martha Ward bückte sich und hielt die Flammenzunge des Drachen an den mit Terpentin getränkten Teppich. Als sich die Flammen schnell um sie ausbreiteten, warf sie den Drachen fort und richtete sich noch einmal zur vollen Größe auf. Sie hob den Schleier vom Gesicht, und Entzückung durchströmte sie. Als das Feuer ihre Sünden verschlang, fühlte sie, wie ihr Geist emporgehoben wurde, und sie hob die Arme in unglaublicher Freude.

Als die mittelalterlichen Stimmen ihrer geliebten Gesänge vom Prasseln der Flammen übertönt wurden, hob sich Martha Wards Seele dem Schicksal entgegen, um das sie stets gebetet hatte.

»Sehen Sie nicht hin«, sagte Oliver. Er zog Rebecca an sich und drückte ihr Gesicht an seine Schulter, um ihr den Anblick des Grauenvollen zu ersparen, das sich im Haus abspielte.

Stille senkte sich über die Menge, als die Leute Martha Wards letzte Sekunden beobachteten, eine Stille, die jetzt durch ein Aufstöhnen durchbrochen wurde, als die Flammen sie plötzlich erfaßten. Als das Feuer aufloderte, begannen einige der Frauen zu schluchzen und ein paar der Männer leise zu fluchen, aber keiner versuchte, das Feuer zu löschen, die Feuersbrunst zu bekämpfen, die sich bereits im Haus ausbreitete und alles zerstörte.

Weitere Sirenen heulten in der Nacht, doch selbst als die Wagen der Freiwilligen Feuerwehr eintrafen, unternahmen ihre Besatzungen nichts, um das Feuer zu löschen, sondern bemühten sich nur, ein Übergreifen der Flammen auf die Nachbarhäuser zu verhindern.

Binnen Minuten war das gesamte Haus von den Flammen verschlungen, und die Hitze war so stark, daß selbst die Tapfersten auf die andere Straßenseite getrieben wurden. Schließlich stürzte das brennende Haus ein, und eine Funkensäule stieg in den Nachthimmel wie bei einer sonderbaren, makabren Feier.

Ein Haufen schwelender Schutt war alles, was von Martha Wards Haus übrigblieb.

Als der Morgen dämmerte, beobachtete Oliver fasziniert, wie sich die Menge, die sich in der Nacht versammelt hatte, um das Feuer anzusehen, schnell auflöste. Es war, als fühlten sich die Leute im Licht des Morgens entblößt und verlegen, weil sie wieder einmal ihrer krankhaften Neugier nachgegeben hatten.

Die Feuerwehrleute umkreisten die schwelenden Trümmer des Hauses wie eine Schar von Jägern, die vorsichtig die Jagdbeute begutachtet und weiß, daß sie tödlich verwundet ist, aber noch jedem schaden kann, der sich zu nahe heranwagt.

»Können Sie irgendwo unterkommen, Rebecca?« fragte Oliver schließlich. Sie stand neben ihm, stützte sich auf seinen Arm, und ihr Blick war auf die schwarze Ruine gerichtet, die ihr Heim gewesen war. Lange Zeit sagte sie nichts, und Oliver wollte die Frage wiederholen, als er eine Stimme hinter sich hörte.

»Sie wird bei mir wohnen. Das hätte ihre Tante gewünscht.«

Oliver wandte sich um und sah Germaine Wagner, die ein paar Schritte entfernt stand. Ihr grauer Wollmantel war bis zum Hals zugeknöpft, und sie hatte einen ebenfalls grauen Schal um den Hals gewunden.

Oliver drehte sich wieder zu Rebecca um, deren große, furchtsam blickende Augen verrieten, daß sie keine Ahnung hatte, was sie tun sollte. »Sie können bei mir wohnen, wenn Sie wollen«, sagte er leise und sanft. »Ich habe ein freies Zimmer.«

Rebecca blickte unsicher zu Germaine Wagner, dann wieder zu Oliver, aber bevor sie etwas sagen konnte, sprach die Bibliothekarin von neuem. »Das ist keine gute Idee, Oliver. Sie wissen so gut wie ich, daß es Gerede geben würde.« Ihre Lippen verzogen sich mißbilligend. »Allein der Gedanke – Sie und Rebecca? Das ist ...« Sie zögerte, und Oliver fragte sich, ob sie ihren Gedanken beenden würde. »Nun, Sie wissen, was ich meine, Oliver, nicht wahr? Ich brauche es Ihnen nicht näher zu erklären.«

Wie an dem Dezembertag, als er in der Bücherei unter Germaines strengem Blick nach Berichten über die Geschichte der Irrenanstalt geforscht hatte, stürmten die alten Erinnerungen wieder auf ihn ein, Erinnerungen an Leute, die ihn verstohlen aus den Augenwinkeln beobachteten und hinter seinem Rücken über ihn flüsterten. Würde alles wieder von neuem anfangen, wenn Rebecca bei ihm wohnte?

Natürlich würde es so sein.

Der einzige Unterschied würde darin bestehen, daß man diesmal über Rebecca statt über seine Schwester tuscheln würde.

Ihm selbst war das wirklich gleichgültig. Aber Rebecca?

Nein, das würde er ihr ersparen.

»Nein«, sagte er schließlich zu Germaine. »Das brauchen Sie mir nicht näher zu erklären.«

Er beobachtete schweigend, wie Germaine Wagner Rebecca zu ihrem Wagen führte, und er fragte sich, ob Rebecca für immer von ihm fortging. Mit einem Seufzen wurde ihm klar, daß es sehr leicht geschehen konnte, wenn Germaine ihre Finger im Spiel hatte.

Ein paar Minuten später, als Oliver von den Trümmern, die einst Martha Wards Haus gewesen waren, nach Hause fuhr, begannen wieder seine Kopfschmerzen.

Diesmal wußte er jedoch mit ziemlicher Sicherheit, warum sie kamen.

In den Wochen seit der Nacht, in der Martha Ward die Flammenzunge des Drachen gegen sich selbst gerichtet hatte, war in Blackstone reichlich Regen gefallen, und der beißende Brandgeruch war schließlich weggespült und langsam vom süßen Duft der ersten Frühlingsblumen ersetzt worden. Hinter den dicken Mauern der alten Irrenanstalt hing jedoch immer noch der gleiche modrige Geruch nach Schimmel und Fäulnis in der Luft, der jeden versteckten Winkel des Gebäudes in den vergangenen Jahrzehnten erfüllt hatte. Die dunkle Gestalt, die durch die finsteren Räume schlich, nahm den modrigen Geruch innerhalb der Mauern ebensowenig wahr wie die frische Brise jenseits davon.

Sie war wieder in ihrem Museum und klebte sorgfältig – fast liebevoll – Oliver Metcalfs Artikel über Martha Wards letzte Sekunden in das ledergebundene Buch, das sie vor zwei Monaten gefunden hatte und das ihr jetzt als Chronik diente. Die dunkle Gestalt war erst zufrieden mit ihrem Werk, als sie mit behandschuhten Händen jede Kante und jeden Knick des Zeitungsartikels geglättet hatte. Sie las die Geschichte noch einmal und legte dann ihre wertvolle Chronik beiseite.

Jetzt, bevor der Vollmond verblaßte, war es an der Zeit zu entscheiden, welchen von ihren Schätzen sie verschenken würde. Die dunkle Gestalt streichelte langsam und sinnlich über die einzelnen Gegenstände und spürte die Einzelheiten, die ihre Augen im Dunkel nicht erkennen konnten, bis sie schließlich ertastete, was sie benutzen wollte, um ihr böses Werk fortzusetzen.

Ein Taschentuch, aus feinstem Leinen gewebt, mit Spitze besetzt und perfekt bestickt mit einer verzierten Initiale.

Eine Initiale, die diesen Schatz so sicher zu ihrem Ziel bringen würde wie einen sorgfältig gezielten Pfeil.

FORTSETZUNG FOLGT